Jean AUDIAU

# LES TROUBADOURS
## ET L'ANGLETERRE

Contribution à l'Étude des Poètes Anglais de l'Amour

AU MOYEN-AGE

(XIIIe ET XIVe SIÈCLES)

Nouvelle édition revue et complétée

PARIS
LIBRAIRIE PHILOSOPHIQUE J. VRIN
6, Place de la Sorbonne (Ve)

1927

## *EN VENTE A LA MÊME LIBRAIRIE :*

**ANGELLIER (Auguste),** *docteur ès lettres, professeur à l'Université de Lille.* — **Robert Burns.** Paris, 1893, 2 volumes gr. in-8° de VIII-577 pp. et XVIII-436 pp........ 80 fr.

Tome I : La vie : Alloway et Mont-Oliphant. — Lochlea. — Mossgiel et Mauchline. — Edimbourg. — Ellisland. — Dumfries. — Tome II : Les Œuvres ; Les origines littéraires de Burns ; la poésie populaire en Ecosse. — La vie humaine dans Burns. — Burns comme poète de l'amour. — Le sentiment de la nature dans Burns. — Conclusion. — Bibliographie de Burns ; de l'Ecosse ; générale.

**DOUADY (Jules).** — **La mer et les poètes anglais.** 1912, 1 vol. in-16 de 387 pp............................ 12 fr.

L'auteur ne s'est pas proposé ici de faire une étude technique sur diverses manœuvres maritimes ou la propriété des termes employés par les poètes anglais. Outre qu'un tel livre s'adresserait plutôt à un public studieux d'anciens capitaines au long cours plutôt qu'aux lecteurs fabituels des poètes ; il y a à propos des poètes anglais, des constatations plus émouvantes, plus suggestives à faire. L'étude de la mer dans les poètes anglais est une source perpétuelle de surprises.

Origines. — Chancer. — La découverte de l'Océan. — Spencer et la reines des fées. La tempête et le marchand de Venise. — La mer du XVII° Siècle. — William Falconer. — Wordsworth et Byron. — Sheller. — Enoch Arden. — Kipling. — Stevenson. — Swinburne.

**DU BELLAY (Joachim).** — **La deffence et illustration de la langue francoyse,** par Joachim DU BELLAY, reproduite conformément au texte de l'édition originale avec une introduction et des notes par Em. PERSON, professeur au lycée Charlemagne.

Le texte a été collationné avec le plus grand soin sur l'édition originale de 1549, dont le titre est reproduit en *fac-simile.* Une introduction, des notes philologiques et littéraires, un glossaire complètent l'édition. — M. Em. PERSON y a joint le texte moins connu du *Quintil Horatian,* de Ch. FONTAINE, qui parut pour la première fois, à Lyon, en 1551.

Edition désignée pour le concours d'agrégation.

2e édition, 1892, 1 vol. in-8°........................ 12 fr.

**FONTAINE (Léon),** *professeur à la Faculté des Lettres de Lyon.* — **Le théâtre et la philosophie au XVIIIe siècle.** 1 volume in-8°................................. 12 fr.

Maximes sur les rois. — Origine de leur autorité, leurs devoirs. — Tragédies républicaines. Voltaire, Lemierre, La Harpe. — Défense de la Royauté. De Belloy. Le souverain idéal. Henri IV. Le prêtre et la religion dans les tragédies de Voltaire. - Tragédies imitées de Voltaire. Prêtres du paganisme. Sacrifices humains. — Prêtres chrétiens. Rôle politique de la religion. — Religion naturelle.

**FRANK (Félix)** et **CHENEVIÈRE (Adolphe).** — **Lexique de la langue de Bonaventure des Périers.** 1888. 1 volume in-8° ........................................ 15 fr.

Des Périers a laissé de lui un autre monument que sa pensée même, tantôt gaie, tantôt railleuse, tantôt poétique ; il a laissé une langue bien à lui, née de sa forte érudition et de son génie inventeur.

A LA CHÈRE MÉMOIRE

DE MON ANCIEN MAITRE

**LUCIEN BEAUJEU**

INSPECTEUR GÉNÉRAL DE L'INSTRUCTION PUBLIQUE

TRÈS RESPECTUEUSEMENT

JE DÉDIE CE LIVRE

*« A l'acolhir*
*« Fora semblan*
*« Que·l plus estranhz l'era privatz. »*

(GIRAUT DE BORNELH).

# LES TROUBADOURS ET L'ANGLETERRE

## DU MÊME AUTEUR

*Les Poésies des Quatre Troubadours d'Ussel, publiées d'après les manuscrits*, Paris, Delagrave, 1922.

(*Prix de La Grange, de l'Académie des Inscriptions et Belles Lettres*, 1923).

*La Pastourelle dans la Poésie Occitane du Moyen Age* (textes annotés et traduits), Paris, de Boccard, 1923.

*Les Troubadours de la Région Briviste*, Brive, 1924.

*La Chanson de la Croisade contre les Albigeois*, Paris, de Boccard, 1924 (*Poèmes et Récits de la Vieille France*, V).

*Les Aventures Merveilleuses de Huon de Bordeaux*, Paris, de Boccard, 1926 (*Poèmes et Récits de la Vieille France*, IX).

Jean AUDIAU

# LES TROUBADOURS

## ET L'ANGLETERRE

Contribution à l'Étude des Poètes Anglais de l'Amour

AU MOYEN-AGE

(XIII$^{e}$ ET XIV$^{e}$ SIÈCLES)

Nouvelle édition revue et complétée

PARIS

LIBRAIRIE PHILOSOPHIQUE J. VRIN

6, PLACE DE LA SORBONNE (V$^{e}$)

1927

*Il a été tiré de cet ouvrage*
*Dix exemplaires sur Alfa*
*Des Papeteries Navarre*
*numérotés de* A *à* J

EXEMPLAIRE N°..........

# AVANT-PROPOS

C'est en 1919, au retour de la guerre, où j'avais, à défaut de science, gagné de l'audace, que j'entrepris d'étudier l'influence des troubadours sur la poésie anglaise du Moyen Age ; mais la nécessité de conquérir sans retard mes grades universitaires (1), pour rattraper, dans la mesure du possible, les années passées sous les armes, ne me permit pas de pousser mes investigations aussi loin que je l'aurais souhaité. J'acceptai pourtant de publier, en 1920, les premiers résultats de cette étude, en me promettant du reste de poursuivre les recherches que j'avais alors commencées (2).

Tandis qu'on imprimait *les Troubadours et l'Angleterre*, j'étais, à Londres, l'hôte assidu du British Museum, dont malheureusement les recueils historiques ne m'ont appris que peu de choses sur les rapports de la cour anglaise et des poètes méridionaux (3). Par contre, dès mon re-

(1) J'avais choisi ce sujet de mémoire pour le Diplôme d'Etudes Supérieures de Langue et Littérature Anglaises.

(2) *Les Troubadours et l'Angleterre*, Tulle, 1920, in-8° de 48 pp. M. H.-J. Chaytor a lui-même étudié cette question dans un volume publié en 1923 : *The Troubadours and England*. J'ai indiqué en note, le cas échéant, les rares emprunts que j'ai faits à ce livre.

(3) J'ai trouvé dans deux manuscrits, deux notes, probable-

tour à Paris, en parcourant pour d'autres travaux les chansonniers et les éditions récentes des troubadours, je notai de jour en jour, de nouvelles ressemblances entre les lyriques courtoises d'Angleterre et d'Occitanie ; tellement que le petit opuscule où j'avais tout d'abord exposé ma thèse devint bientôt l'ouvrage que voici...

Je voulais, avant de publier de nouveau *Les Troubadours et l'Angleterre*, que la première édition fût épuisée. C'est à présent chose faite : je n'ai donc plus de raison d'attendre.

---

ment inédites, sur Savaric de Mauléon. Elles ont été imprimées d'après ma copie, par MM. Chaytor (*The Troubadours and England*, pp. 69, note ; et 72, n. 3.), et J. Anglade : *Sur Savaric de Mauléon* (*Romania*, L, pp. 98-99).

# BIBLIOGRAPHIE

ANGLADE (J.). — *Les Troubadours*, 2e éd., Paris 1919 (3e éd., sans changement, 1922).

— *Les poésies de Peire Vidal*, Paris, 1913 (*Classiques français du Moyen Age*, 11).

— *Les chansons du Troubadour Rigaut de Barbezieux*, Montpellier, 1919 (*Publications spéciales de la Société des Langues Romanes*, XXVII).

— *Poésies du troubadour Peire Raimon de Toulouse* (extrait des *Annales du Midi*), tirage à part, Toulouse, 1920.

— *Las Leys d'Amors*, 4 vol., Toulouse, 1920 (*Bibliothèque méridionale*, 1re série, Tomes XVII à XX.

— *Histoire sommaire de la littérature méridionale au Moyen Age*, Paris, 1921.

APPEL (C.). — *Das Leben und die Lieder des Trobadors Peire Rogier*, Berlin, 1882.

— *Provenzalische Inedita aus pariser Handschriften*, Leipzig, 1890.

— *Bernart von Ventadorn, seine Lieder*, Halle, 1915.

— *Der Trobador Cadenet*, Halle, 1920.

AUDIAU (Jean). — *Les poésies des Quatre Troubadours d'Ussel*, Paris, 1922.

— *La pastourelle dans la poésie occitane du Moyen Age*, Paris, 1923.

— *Troubadours et Jongleurs du Bas-Limousin*, Brive-Paris (*sous presse*).

AZAÏS (G.). — *Le Breviari d'Amor de Matfre Ermengaud*, 2 vol., Béziers, s. d. [1862-81].

BARTSCH (K). — *Chrestomathie provençale*, 6e édition, refondue par E. KOSCHWITZ, Marburg, 1904.

BELL (R.). — *The poetical works of Geoffrey Chaucer*, 4 vol., Londres, 1878.

BERGERT (F.). — *Die von den Trobadors genannten oder gefeierten Damen*, Halle, 1913 (*Beiheft 46 zur Zeitschrift für romanische Philologie*).

BERTONI (G). — *I trovatori d'Italia*, Modène, 1915.

BOEDDEKER (K.). — *Altenglische Dichtungen des Ms. Harl.* 2253, Berlin, 1878 (1).

CANZONIERE A. — Cf. PAKSCHER.

CAZAMIAN et LEGOUIS. — *Histoire de la littérature anglaise*, Paris, 1924.

CHABANEAU (C.). — *Biographies des Troubadours*, in *Histoire générale de Languedoc*, t. X, Note 38 (pp. 209-409), Toulouse, 1885.

— *Notes sur quelques manuscrits provençaux perdus ou égarés* (extrait de la *Revue des Langues Romanes*), Montpellier, 1886.

CHAYTOR (H.-J.). — *The Troubadours*, Cambridge, 1912.

— *The Troubadours and England*, Cambridge, 1923.

COULET (J.). — *Le troubadour Guilhem Montanhagol*, Toulouse, 1898 (*Bibliothèque Méridionale*, 1re série, IV).

(1) Les chansons ont été distribuées par l'éditeur en trois sections : *Politische Lieder* (P. L.), pp. 95-143; *Weltliche Lieder* (W. L.), pp. 144-179, et *Geistliche Lieder* (G. L.), pp. 180-232.

DEJEANNE (Dr). — *Poésies complètes du troubadour Marcabru*, Toulouse, 1909 (*Bibl. Mérid.*, 1re série, XII).

FURNIVALL (F.-J.). — *Political, Religious and Love Poems*, Londres, 1866 ; 2e édition, 1903. (*Early English Text Society*, XV).

GIDEL (Ch.-Ant.). — *Les troubadours et Pétrarque*, Angers, 1857.

HEIDER (O.). — *Untersuchungen zur mittelenglischen erotischen Lyrik* (1250-1300), Halle, 1905.

HENSEL (W.). — *Die Vögel in der provenzalischen und altfranzösichen Lyrik des Mittelalters* [in *Romanische Forschungen*, XXVI, pp. 584-670], Erlangen, 1909.

HOBY (O.). — *Die Lieder des Trobadors Guiraut d'Espanha*, Fribourg (Suisse), 1915.

JAESCHKE (H.). — *Der trobador Elias Cairel*, Berlin, 1924 (*Romanische Studien*, Heft XX).

JEANROY (A.). — *Les origines de la poésie lyrique en France au Moyen Age*, Paris, 1889.

— *De nostratibus medii ævi poetis qui primum lyrica Aquitaniæ carmina imitati sint*, Paris, 1889.

— *Les chansons de Guillaume IX, duc d'Aquitaine*, Paris, 1913 (*Classiques français du Moyen Age*, 9).

— *Dante et les Troubadours* [in *Dante, Recueil d'études publiées pour le VIe centenaire du poète*], Paris, 1921.

— *Les poésies de Cercamon*, Paris, 1922 (*Class. fr. du Moyen Age*, 27).

JUSSERAND (J.). — *Histoire littéraire du peuple anglais*, 2 vol., Paris, 1910.

KIESSMAN (R.). — *Untersuchungen über die Bedeutung Eleonorens von Poitou für die Literatur ihrer Zeit*, I, Bernburg, 1901.

KJELLMAN (H.). — *Le troubadour Raimon Jordan, vicomte de Saint-Antonin*, Upsal et Paris, 1922.

KLEIN (C.). — *Die Dichtungen des Mönchs von Montaudon*, Marburg, 1885 (*Ausgaben und Abhandlungen*, VII).

KOLSEN (A.). — *Sämtliche Lieder des Trobadors Giraut de Bornelh*, I, Halle, 1910.

KOSZUL (A.). — *Anthologie de la Littérature anglaise*, 2 vol., Paris, 1919.

LANGFORS (A.). — *Le troubadour Guilhem de Cabestanh* (extrait des *Annales du Midi*), Toulouse, 1910.

LAVAUD (R.). — *Les poésies d'Arnaut Daniel* (extrait des *Annales du Midi*), Toulouse, 1910.

— *Les trois troubadours de Sarlat : Aimeric, Giraut de Salignac, Elias Cairel*, Périgueux, 1912.

LEGOUIS (E.). — *Chaucer*, Paris, 1910.

LEVY (E.). — *Guilhem Figueira, ein provenzalischer Troubadour*, Berlin, 1880.

LOLLIS (C.) (DE). — *Vita e poesie di Sordello di Goito*, Halle, 1896 (*Romanische Bibliothek*, II).

MACAULAY (G.-C.). — *The complete works of John Gower*, 4 vol. Oxford, 1899.

MAHN (C.-A.-F.). — *Die Werke der Troubadours in provenzalischer Sprache*, 4 vol., Berlin, 1846-1853.

MAHN (C.-A.-F.). — *Gedichte der Troubadours in provenzalischer Sprache*, 4 vol., Berlin, 1856-1873.

MESTICA (G.). — *Le rime di Francesco Petrarca*, Florence, 1896.

MEYER (Paul). — *Mélanges de Poésie Anglo-normande*, in *Romania*, IV, 1875.

— *Les Manuscrits français de Cambridge*, in *Romania*, XV, 1886.

— *Les derniers Troubadours de la Provence*, Paris, 1871.

— *Le Roman de Flamenca*, 2e éd., Paris, 1902 (*Bibliothèque française du Moyen Age*, VIII).

MORRIS and SKEAT. — *Specimens of Early English* (1150-1393), 2 vol., Oxford, 1879.

NAPOLSKI (M. VON). — *Leben und Werke des Trobadors Pons de Capduoill*, Halle, 1879.

NAUDIETH (F.). — *Der Trobador Guillem Magret*, Halle, 1914 (*Beiheft 52 zur Zeitschrift für rom. Philologie*).

NIESTROY (E.). — *Der Trobador Pistoleta*, Halle, 1914 (*Beiheft 52 zur Zeitschrift f. rom. Phil.*)

PAKSCHER e DE LOLLIS. — *Il canzoniere provenzale* A (*cod. Vat.* 5232) Rome, 1886 (*Studj di Filologia romanza*, III).

PARIS (Gaston). — *La littérature française au Moyen Age*, Paris, 1890.

PELAEZ (M.). — *Vita e poesie di B. Calvo, trovatore genovese*, (in *Giornale Storico della Letteratura italiana*, XXVIII-XXIX) 1896-97.

PFAFF (S.-L.-H.). — [*Werke Guiraut Riquiers*], Berlin-Paris, 1853 (tome IV de Mahn : *Werke der Troubadours*).

PHILIPPSON (E.). — *Der Mönch von Montaudon, ein provenzalischer Troubadour*, Halle, 1873.

RAYNOUARD. — *Choix des poésies originales des Troubadours*, 6 vol., Paris, 1816-1821.

— *Lexique Roman*, 6 vol. Paris, 1838.

[ROCHEGUDE (DE).] — *Le Parnasse Occitanien, ou Choix de poésies originales des Troubadours*, Toulouse, 1817.

SALVERDA DE GRAVE (J.-J.). — *Le troubadour Bertran d'Alamanon*, Toulouse, 1902 (*Bibliothèque Médidionale*, 1re série, VII).

SANTANGELO. — *Dante e i trovatori provenzali*, Catane, 1921.

SCARANO (N.). — *Fonti provenzali e italiane della lirica Petrarchesca*, Turin, 1900 (*Studj di filologia romanza*, VIII).

SCHOFIELD. — *An English Literature from the Norman Conquest to Chaucer*, Londres, 1906.

SCHRÖTTER (W). — *Ovid und die Troubadours*, Halle, 1908.

SELBACH (L.). — *Das Streitgedicht in der altprovenzalischen Lyrik*, Marburg, 1886 (*Ausgaben und Abhandlungen*, LVII).

SHEPARD (W.-P.). — *Les poésies de Jausbert de Puycibot*, Paris, 1924 (*Classiques français du Moyen Age*, 46).

SKEAT (W.). — *The Complete works of Geoffrey Chaucer*, Oxford, 1919.

SNELL (F.-J.). — *The age of Chaucer*, Londres, 1912.

SPRINGER (H.). — *Das altprovenzalische Klagelied*, Berlin, 1895 (*Berliner Beiträge zur germanische und romanische Philologie*, VII).

Stengel (E). — *John Gower's Minnesang und Ehezuchtbüchlein*, Marburg, 1886 (*Ausgaben un Abhandlungen aus dem Gebiete der romanischen Philologie*, LXIV).

Stössel (C.). — *Die Bilder und Vergleiche der altprovenzalischen Lyrik*, Marburg, 1866.

Strempel (A.). — *Giraut de Salignac, ein provenzalischer Trobador*, Leipzig, 1916.

Stronski (St.) — *Le troubadour Elias de Barjols*, Toulouse, 1906 (*Bibliothèque méridionale*, 1re série, X).

— *Le troubadour Folquet de Marseille*, Cracovie, 1910.

Taine (H.). — *Histoire de la Littérature Anglaise*, 5 vol., 13e éd., Paris, 1911.

Thomas (Antoine). — *Poésies complètes de Bertran de Born*, Toulouse, 1888 (*Bibliothèque méridionale*, 1re série, I).

Wright (Th.). — *Specimens of lyric poetry composed in the reign of Edward I.*, Londres, 1842.

Zenker (R.). — *Die Gedichte des Folquet von Romans*, Halle, 1896 (*Romanische Bibliotek*, XII).

CHAPITRE PREMIER

# Les Troubadours et l'Angleterre

Tandis que les chansons des troubadours faisaient éclore, dans les pays voisins du Midi de la France, toute une poésie nouvelle, et que déjà l'Allemagne elle-même s'inspirait des poètes méridionaux, seule l'Angleterre restait, en apparence, insensible à cette influence. « Médiocre terre, écrit Taine (1) je pensais en la voyant aux anciens Saxons qui étaient venus camper dans ce pays de marécages et de brumes, sur la lisière des vieilles forêts, au bord de ces grands fleuves limoneux qui roulent leur bourbe à la rencontre des vagues. Mettez la civilisation en moins sur ce sol ; il ne restera aux habitants que la guerre, la chasse, la mangeaille et l'ivrognerie. L'amour riant, les doux songes poétiques, les arts, la fine et agile pensée sont pour les heureuses plages de la Méditerranée. Ici, le barbare mal clos dans sa chaumière fangeuse, qui entend la pluie ruisseler pendant des journées entières sur les feuilles des

(1) *Histoire de la Littérature Anglaise*, I, p. 5-6.

2

chênes, quelles rêveries peut-il avoir, quand il contemple ses boues et son ciel terni ? »

Jusqu'au milieu du XIIIᵉ siècle, en effet, on chercherait en vain, dans la littérature anglaise, l'expression de sentiments délicats ou d'émotions tendres. Partout, au contraire, on devine la passion de la guerre, des rapines et des aventures. La noblesse, condamnée désormais à l'oisiveté, se plaît encore à entendre, dans les vieilles épopées de *Hrothgar*, « roi des Danois de la Lance », de *Beowulf* ou de *Brut*, le fracas étourdissant de la bataille. Aussi la poésie de l'époque raconte-t-elle surtout, comme le remarque l'auteur des *Gesta Herewardi*, « omnes actus gigantum et bellatorum ex fabulis antiquorum aut ex fideli ratione ad ædificationem audientium... » (1).

Les moines, d'ailleurs, encourageaient les bardes dans cette voie et produisaient eux-mêmes des légendes et des chroniques assez intéressantes pour rivaliser avec les vieilles chansons que l'on se transmettait de père en fils : les récits païens, retouchés et embellis, leur servirent le plus souvent de thème ou de modèle pour ces œuvres nouvelles. Jamais cependant cette littérature religieuse ne parvint à supplanter les poèmes populaires, ni à faire oublier aux contemporains ces sortes d'élégies désolées et grondeuses où le

(1) « Toutes les actions des géants ou des guerriers, d'après les fables des anciens ou d'après un récit fidèle, pour l'édification des auditeurs » (cité par Gross : *Sources and Literature of English History from the earliest times to about 1485*, London, 1901).

souvenir des flots capricieux met une note de mélancolie. Dans « ces sereines clartés qui traversent parfois leurs cauchemars sanglants et sombre », on découvre avec surprise l'étrange attirance qu'exerce sur ces âmes rudes la vie âpre et incertaine de l'océan : « Pour la harpe, il n'a plus de cœur, en la femme plus de bonheur, en le monde plus de joie, en rien, sauf en le roulement des vagues, mais toujours il aspire, celui qui se lance sur les eaux... Mon âme, emmi la mer, s'en va au loin !... Mon cœur est agité des désirs d'explorer moi-même les ébats des flots amers..... » (1).

Or, cette poésie même, où l'on sent vibrer l'âme de l'écrivain, n'est inspirée ni par la beauté majestueuse de la mer, ni par le regret des êtres chers qu'on a laissés sur le rivage, mais par l'irrésistible attrait des grandes aventures et des riques sans fin, par l'amour de l'océan et de ses étranges caprices. Tandis que nos vieilles épopées font une place aux sentiments tendres, chez ces peuples encore à demi-barbares, auxquels le christianisme n'a pu faire oublier leurs origines lointaines, seuls comptent l'aventure et les dangers : à leurs yeux, l'amour est une faiblesse.

Cependant, après le silence de plus d'un siècle, qui suivit la conquête de l'île par les Normands, la littérature anglaise renaît, plus vive, plus hu-

(1) *L'Aventurier des Mers*, traduction de M. Koszul (*Anthologie de la littérature anglaise*, tome I, page 10).

maine, plus abondante qu'autrefois. Les nouveaux maîtres de l'Angleterre ne ménagent pas leurs encouragements aux poètes : chaque demeure seigneuriale devient un foyer de production littéraire. Après avoir déposé le heaume et l'épée, les conquérants, en quête de distractions, sensibles aux charmes des vieilles épopées françaises, puis à la grâce de la poésie courtoise du Nord, où déjà s'est exercée l'influence méridionale, s'efforcent de faire naître dans leur entourage des œuvres du même genre. Ainsi, peu à peu, les mœurs s'affinent, les manières deviennent plus distinguées, les esprits se détendent, les chansons épiques du passé semblent trop rudes. Alors, seigneurs et nobles dames, chevaliers et damoiselles s'exercent à chanter la douceur d'aimer et la tristesse des longues séparations. Bref, la poésie anglaise « passe d'un âge d'héroïsme à un âge de chevalerie » (1). Et l'on voit apparaître toute une série de petits poèmes, où l'émotion, plus intellectuelle que sentimentale, rappelle par ses moyens d'expression et par son caractère conventionnel, les œuvres des poètes méridionaux.

Mais l'Angleterre, dira-t-on, pouvait-elle connaître les troubadours ? (2) Les articles consacrés

---

(1) « We pass from an age of heroism to an age of chivalry » (Bishop Stubbs).

(2) MM. L. Cazamian et E. Legouis (*Histoire de la Littérature Anglaise*, Paris, 1924, p. 57) ne répondent-ils pas affirmativement, quand ils écrivent : « Plus colorés que les vers d'oïl

par Skeat aux mots anglais d'origine occitane, mettent suffisamment en évidence les rapports que le commerce des vins créait entre la Grande Bretagne et le Sud de la France (3), et l'on est en droit de se demander si les riches marchands qui reliaient ainsi commercialement les deux pays n'ont pas contribué à répandre en Angleterre l'œuvre des écrivains méridionaux, soit par la parole (les bourgeois avaient acquis, dès la fin du XII<sup>e</sup> siècle, une instruction suffisante pour s'intéresser aux poètes, dont ils surent, en certains cas, se faire les protecteurs), soit en vendant aux grands seigneurs et aux nobles dames quelques-uns de ces beaux chansonniers, « enluminés et clairs comme un vitrail d'église ». Les navigateurs anglais s'étaient d'ailleurs familiarisés assez tôt avec la langue d'oc pour être, à leur tour, capable de favoriser, dans leur pays, la diffusion des *chansons* méridionales. Enfin, les croisades, en mêlant races et nations, durent également faciliter, d'un peuple à l'autre, les échanges littéraires...

Mais surtout certains troubadours semblent avoir fait personnellement le voyage d'Angleterre. Les chroniqueurs nous apprennent que la femme d'Henri Ier (1100-1135), la reine Mathilde, était

étaient pour les Anglais qui les connurent les vers d'un Bernard de Ventadour » ?

(3) *Modern Language Review*, I, p. 285, et II, p. 60. Tels sont, par exemple, les mots : *funnel* de *fonilh* ; *puncheoun* de *ponchon* ; *battledoor* de *batedor* ; *muckinder* de *mocador* ; *to rack* de *racar* ; etc...

pour les poètes une protectrice praticulièrement généreuse, et peut être Marcabru fut-il l'un des hôtes de sa cour. Le *Roman de Joufroy*, en effet, reproduisant probablement une tradition courante à l'époque de sa composition, raconte que les Poitevins attaqués par le Comte de Toulouse, envoyèrent de toute part à la recherche de leur seigneur ; puis il ajoute :

« Un damoiseau qui l'allait cherchant, vint à Londres sans retard. Marcabru avait nom le messager ; il était remarquablement courtois et sage, et trouvère de grande valeur .Bien le reconnut le roi Henri, *car il l'avait vu souvent en sa cour* : « Soyez le bienvenu dans ce pays, Marcabru », lui dit le roi Henri »,

Uns dancheus qui l'alait querant
Est venuz a Londres errant.
Marchabruns ot non li messages
Qui molt par fu corteis e sages.
Trovere fu molt de gran pris.
Bien le conuit li rois Henris
Qu'assez l'ot en sa cort veu...
« Bien vegnanz », fait li rois Henris
« Marchabruns, soiez el pais »... (1).

Malheureusement, faute de témoignages concordants, les déclarations du *Roman de Joufroy* ne saurait être admises, sans réserve, comme l'expression de la vérité.

(1) K. Hofmann, *Joufroy's altfranzösisches Rittergedicht*, Halle, 1880, v. 3599 sq. (cité par Chabaneau, *Biographie des Troubadours*, p. 217).

Il semble, au contraire, parfaitement établi que Bernard de Ventadour suivit en Angleterre Henri II et la reine Eléonore (1). Certes, les *Biographies des Troubadours*, par ce qu'elles nous apprennent sur la vie du poète limousin, sont loin de justifier une telle hypothèse. L'amour de Bernard et de la vicomtesse de Ventadour, lisons-nous, dans une notice dont Uc de Saint-Cir s'attribue la paternité, « dura longtemps, avant que le vicomte et les autres personnes en eussent vent. Mais, quand le vicomte s'en aperçut, il fit grise mine au troubadour et fit enfermer la dame, qui pria messire Bernard de quitter la région. Il s'éloigna donc et vint auprès de la duchesse de Normandie (2), qui était jeune, valeureuse, fort experte en fait de mérite et d'honneur... Les

(1) Eléonore d'Aquitaine, petite fille de Guillaume IX, le premier troubadour qui nous soit connu. Sur l'importance d'Eléonore en général, voir l'ouvrage de Rudolf Kiessman, *Untersuchungen über die Bedeutung Eleonorens von Poitou für die Literatur ihrer Zeit*, dont la première partie a seule paru. Les chapitres consacrés à la vie littéraire en Angleterre sous le règne d'Henri II n'ont pas encore été publiés.

(2) Chabaneau, *Biographies*, p. 218 : « Lonc tems duret lor amors que·l vescoms ni l'autra gens s'en aperceubes ; e quan lo vescoms s'en aperceup, el s'estranhet de lui et fetz serrar la domna. E la domna fetz dar comjat a·N Bernart que·s partis e·s lunhes de tota aquela encontrada, et el s'en partit e s'en anet a la duquessa de Normandia, que era joves e de gran valor, e s'entendia en pretz & en honor. E plazion li fort las cansos e·ill vers d' En Bernart. El ella lo receup e l'aculhi mot fort. Lonc tems estet en sa cort & enamoret se d'ella & ella de lui, e·n fetz motas bonas cansos. Et estan com ella, lo reis Anricx d'Angleterra si la pres per molher e la trais de Normandia e la·n menet. *En Bernartz remas de sai tritz e dolens* ». Une autre rédaction des *Biographies* remplace cette dernière phrase par : « *si qu'el no la vi mai.* » (Chabaneau, *Ibid.*, p. 219).

chansons et les vers de messire Bernard lui plaisaient beaucoup, aussi l'accueillit-elle fort bien. Il resta longtemps en sa cour, s'éprit d'elle, lui inspira quelque amour et fit, à son sujet, de bonnes chansons. Or, tandis qu'il était auprès d'elle, le roi Henri d'Angleterre la prit pour femme et l'emmena de Normandie. *Bernard resta de ce côté-ci de la mer, triste et dolent.* »

Pourtant — on n'en saurait douter — Bernard a bel et bien visité l'Angleterre. Son témoignage s'oppose, en effet, de façon formelle aux affirmations des *Biographies*, où du reste, la fantaisie tient d'ordinaire plus de place que la vérité (1) : « Le vers est terminé, dit le troubadour limousin dans l'un de ses poèmes ; il n'y manque pas un un mot. Je l'ai composé *au delà de la terre normande, par delà la mer profonde et sauvage...* Si le roi le veut, je reverrai ma dame avant que l'hiver nous surprenne. Pour le roi je suis *Anglais* et *Normand*, et, sans mon Aimant, je resterais [auprès de lui] jusqu'après les fêtes de Noël » :

Faihz es lo vers tot a randa,
Si'l reis engles e'l ducs normans
Outra la terra normanda,
Part la fera mar prionda...
Si'l reis engles e'l ducs normans
O vol, eu la veirai ahans

(1) M. Appel (*Bernart von Vandadorn, seine Lieder*, pp. XVI-XIX) conteste avec raison certains détails de la biographie de Bernard.

Que l'iverns nos sobreprenda.
Pel rei sui engles e normans,
E si no fos mos Azimans,
Restera tro part calenda (1).

De même, au treizième siècle, l'Angleterre a reçu la visite d'un autre troubadour : Savaric de Mauléon. Fils de Raoul de Mauléon, auquel Henri II témoignait sa faveur (2), Savaric eut avec la cour anglaise tant de relations que Jean de Nostredame et Francesco Redi l'ont qualifié d'Anglais (3). Prisonnier de Jean Sans-Terre qui l'enferma au château de Cardiff en 1201, le seigneur saintongeais devient, en effet, par la suite, l'un des favoris de ce monarque (4). On trouvera dans

---

(1) Edition Appel, p. 153. — Le nom *Aimant* est le pseudonyme (*senhal*) d'une dame, en laquelle on ne saurait voir Eléonore d'Angleterre ; peut-être s'agit-il de la femme d'Ebles III de Ventadour, Marguerite de Turenne.

(2) Cf. le *Ms. Harley* 311 (British Museum), f° 130 recto (*S. d'Ewesii collectanea plerumque historica*) : « 47. Rex confirmavit Radulpho de Maleon et Willielmo de Maleon et Savarico filio ejusdem Radolphi totum Talemondeis [le Talmondais] et les Mostiers des Mafels [Moutiers-les-Maufaits] et Curson [Courçon] cum omnibus pertinentibus de Talemondeis... ac etiam rex concessit praefato Radulpho et Willielmo et [*Ms.* de] Savarico decem millia solidorum monetae annuatim percipienda in praepositum de Rupella [La Rochelle]... ».

(3) Francesco Redi, *Bacco in Toscana*, p. 100 (cité par Chabaneau, *Note sur quelques manuscrits provençaux perdus ou égarés*, p. 28) : « Salvarico di Malleone, *inglese*, poeta provenzale... » ; Jean de Nostredame, *Les vies des plus célèbres et anciens poetes provensaux*, p. 106 (édit. Chabaneau-Anglade, p. 66) : « Savaric de Mauleon fut gentilhomme, *Anglais* de Nation... »

(4) Cf. *Biographies des Troubadours*, p. 211. « En Savaric de Mauleon fetz metre en la tor Corp... E'n Savarics de Mauleon, com hom valenz e savis e larcs si s'engenhet si qu'el escampet foras de la preison e pres lo castel on el estava pres. E'l reis Joans fetz patz ab el... e det li en garda tota la terra qu'el

le *Recueil des Historiens des Gaules et de la France* tous les renseignements désirables sur le rôle politique et militaire de Savaric ; je n'ai donc pas besoin d'insister. Je rappelle cependant que le seigneur poète de Mauléon combattit en Angleterre, au profit du roi Jean, pendant les années 1215 et 1216, et qu'il reçut du souverain, le 27 mai 1215, en récompense, sans doute, de ses bons services, les manoirs de Petrefield et de Mapledurham ainsi que tous les biens qui dépendaient de ces seigneuries. J'ajoute enfin, d'après un manuscrit du British Museum, qu'il est cité, le 7 juin 1216, avec le titre de vicomte de Southampton, comme témoin d'une charte royale donnée en la Tour de Londres, et qu'il reçoit, à cette occasion, la garde du château de Porchester (1).

Deux poètes méridionaux — sinon trois — ont donc séjourné de façon certaine en Angleterre. Ne serait-il pas surprenant que Bernard de Ventadour n'ait laissé dans les milieux poétiques anglais aucune trace de son passage, et qu'un fervent adepte du gai savoir comme Savaric de Mauléon n'ait point, à la faveur de sa con-

---

non avia perduda de Peitieus e de Gasconha... » Jean-sans-Terre eut également pour amis d'autres troubadours, notamment Geoffroy et Renaud de Pons, et Robert évêque de Clermont.

(1) *Ms Harl. 86, f° 48. (Collectanea ex rotulis in Archivis Turris London. temp. Joh. et H. III : membrana 7°)* : « Savaricus de Malo Leone vicecomes Suthantonensis Testis VII° Junii XVIII° Regis. Et habuit castrum Portestrum custodiendum. »

dition, contribué à répandre la poésie d'oc, dont il était lui-même un des représentants estimés ?

Du reste, à partir du règne d'Henri II, la famille royale a dû favoriser personnellement cette diffusion.

Avant d'être reine d'Angleterre, Eléonore d'Aquitaine, petite-fille du premier troubadour connu (1), recevait avec plaisir l'hommage de la littérature méridionale. Sa gaieté, son enjouement, sa sympathie légendaire pour les poètes et la proverbiale légèreté de ses mœurs attiraient auprès d'elle les troubadours les plus illustres. Or, il semble bien que la couronne royale n'ait point modifié les sentiments de la gente duchesse à l'égard des poètes d'Occitanie : Bernard de Ventadour l'accompagne outre Manche (2), et sa cour devient, avec celle de sa fille Marie de Champagne, « le centre de l'influence provençale dans

---

(1) Guillaume IX, duc d'Aquitaine et comte de Poitiers (1071-1127), semble avoir été connu de bonne heure en Angleterre: Guillaume de Malmesbury, dans ses *Gesta regum Anglorum*, livre V, fait la critique des mœurs de ce troubadour, tout en reconnaissant *l'élégance de ses créations poétiques* et la finesse de son esprit : « Nugas suas quadam venustate condiens ad facetias revocabat... » Peut-être conviendrait-il en ce cas d'attribuer à son influence les idées d'amour chevaleresque que l'on trouve assez fréquemment exprimées, dès 1136, dans l'ouvrage de Geoffroy de Monmouth, intitulé *Origo et Gesta regum Britanniae*.

(2) M. Carl Appel (*Bernart von Ventadorn*, pp. LVI-VII) pense que Bernard vécut en Angleterre de décembre 1154 à l'automne de 1155. Le troubadour limousin a peut-être assisté aux fêtes du couronnement (19 décembre 1154) M. Carl Appel suggère encore que Bernard a vu Chrétien de Troyes à la cour d'Henri II. L'influence exercée par le troubadour sur le trouvère aurait-elle pour origine cette rencontre en Angleterre?

la France du Nord » (1). De même qu'elle inspirait aux gentilshommes et aux trouvères de France le goût d'une lyrique courtoise calquée sur les chansons des troubadours, n'a-t-elle pas éveillé, parmi les seigneurs et les poètes anglais qui fréquentaient vraisemblement sa cour, un égal enthousiasme ?

Comme elle, ses fils se plurent en la société des troubadours. Bertran de Born fut l'ami — le mauvais génie peut-être (2) — d'Henri Court-Mantel, le « jeune roi », dont il a déploré la mort en des vers inoubliables :

> Si tuit li dol e'lh plor e'lh marrimen
> E las dolors e'lh dan e'lh chaitivier
> Qu'om anc auzis en est segle dolen
> Fosson ensems, sembleran tuit leugier
> Contra la mort del jove rei engles,
> Don rema Pretz e Jovens doloros,
> E'l mons oscurs e tenhz e tenebros,
> Sems de tot joi, ples de tristor e d'ira... (3).

Il fut, de même, en relations avec Geoffroy,

---

(1) Gaston Paris *La Littérature française au Moyen-Age*, p. 182.

(2) Cf. Dante, *Divine Comédie*, *Enfer*, XXVIII, v. 134-135:
Sappi ch'io son Bertran dall Bornio, quelli
Che diedi al Re giovane i ma' conforti.

(3) A. Thomas, *Poésies complètes de Bertran de Born*, pp. 28-30 : « Si tous les deuils, toutes les larmes, tous les chagrins, toutes les douleurs, tous les dommages et toutes les misères dont on entendit jamais parler en ce monde dolent étaient réunis, qu'ils sembleraient légers en comparaison de la mort du jeune roi anglais! Prix et Jeunesse en restent affligés, le monde obscur, assombri, ténébreux, privé de toute joie, plein de tristesse et de regret... ». Bertran a composé, sur la mort du même personnage, un autre *planh*, moins célèbre (édit. Thomas, pp. 24-27).

comte de Bretagne (1), et plus tard, ayant obtenu son pardon d'Henri II et de Richard, il devint l'ami fidèle et dévoué du premier (2), et vint à sa cour, à Argentan (3) où il fit la connaissance de la princesse Mathilde, sœur de Richard et de Geoffroy, pour laquelle il se prit d'un tendre sentiment (4).

D'autres troubadours partageaient avec lui la faveur de Richard : le moine de Montaudon, Folquet de Marseille, Peire Vidal, Giraut de Bornelh, Jaucelm Faidit, et peut être Arnaut Daniel. Les trois premiers ont parlé de lui dans leurs chansons en des termes qui ne laissent aucun doute sur leurs rapports avec Richard. Giraut suivit à la troisième croisade (1189-1193) le nouveau roi d'Angleterre (5), et Jaucelm composa sur la mort de son protecteur devant Chalus (1199) la plus belle de ses œuvres (6) :

(1) C'est lui, si l'on en croit les *Biographies*, que désigne le pseudonyme *Rassa*.

(2) Cf. *Biographies*, p. 230 : « Lo coms Richartz li perdonet son brau talan e rendet li son castel d'Autafort e vengren fin amic coral... »

(3) Argentan, dans le département de l'Orne.

(4) Voyez les *Biographies*, p. 227, et les *Poésies complètes de Bertran de Born* (éd. Thomas, pp. 122-127).

(5) « Girautz de Borneil si passet outra com lo rei Richart... » (*Biographies*, p. 223).

(6) L'auteur de la *Léandréide* portait déjà ce jugement sur le *planh* de Jaucelm Faidit :

Gaucelms Faiditz c'amor chanta tan be,
Lo rei valen Richart, rei dels Engles,
Ploranz mielz chanta qe jamais alre.

« Jaucelm Faidit, qui fait de si beaux chants d'amour, en pleurant le vaillant roi Richard, roi des Anglais, a fait sa meilleure chanson. »

Fortz causa es que tot lo maior dan,
E'l maior dol, las ! qu'ieu anc mais agues,
E so don dei tostemps planher ploran,
M'aven a dir en chantan e retraire ;
Car selh qu'era de valor caps e paire ;
Lo rics, valens Richartz, reis dels Engles,
Es mortz; ai Dieus! quals perd'e quals dan es!
Quant estrangz motz, quan salvatge a auzir !
Ben a dur cor totz hom qu'o pot suffrir... (1).

Au contraire, si vraisemblable qu'il soit, le séjour d'Arnaut Daniel à la cour de Richard n'est point suffisamment démontré par l'anecdote que nous content les *Biographies* (2).

---

(1) Appel, *Provenzalische Chrestomathie*, p. 120-121 (Cf. H. Springer, *das altprovenzalische Klaglied*, pp. 88-96) : « Ce m'est une chose cruelle qu'il me faille dire et rapporter en chantant le plus grand malheur et le plus grand deuil hélas ! qui m'aient jamais frappé, et ce que je dois toujours regretter en pleurant. Celui qui était chef et père de valeur, le puissant, le vaillant Richard, roi des Anglais, est mort. Ah ! Dieu, quelle perte, quel malheur! Quel mot étrange, et qu'il est cruel de l'entendre! Il a le cœur bien dur, celui qui peut supporter pareille chose. »

(2) Voici la traduction du passage auquel je fais allusion (*Biographies*, p. 221) : « Alors qu'il était en cette cour, un autre jongleur le défia, se vantant de trouver sur des rimes plus précieuses que lui. Arnaut tint cette prétention pour une plaisanterie et, tous deux, ils parièrent leur palefroi, le roi devant servir d'arbitre. Le roi les fit enfermer chacun dans une chambre. Mais, de l'ennui qu'il eut de cette affaire, messire Arnaut fut incapable d'enchaîner deux paroles; le jongleur, au contraire, eut bientôt et sans peine terminé sa chanson... Le roi devait rendre son jugement dans cinq jours... Le jongleur chantait sa chanson toute la nuit, pour la mieux savoir. Messire Arnaut s'avise de lui jouer un tour... Il retient paroles et mélodie; puis, quand ils furent en présence du roi, il dit qu'il voulait réciter sa chanson et commença fort bien celle que le jongleur avait faite; mais celui-ci, le regardant en face, prétendit en être l'auteur... Le roi demanda donc à messire Arnaut comment cela s'était fait. Il lui raconta la chose, et le roi eut grande liesse de ce bon tour. Les gages furent libérés, chacun d'eux reçut de beaux présents... ».

Quoi qu'il en soit, le roi d'Angleterre, qui mérite peut être une place parmi les poètes méridionaux (1), a dû s'entourer d'un grand nombre de troubadours. Et, bien qu'il n'ait fait outre Manche que de rapides voyages (2), grâce à lui, sans doute, la lyrique occitane a pénétré dans son royaume. Je ne crois pas, en effet, me montrer téméraire en supposant que les gentilshommes et les écrivains anglais présents à la cour de Poitiers ou d'Argentan ont eu l'occasion de se familiariser avec les chansons courtoises du Midi, d'en goûter le charme, et, par la suite, de rapporter en leurs pays un peu de l'âme des troubadours.

Comme ses frères, le roi Jean-sans-Terre 1199-1216) eut aussi parmi les poètes méridionaux des amis fidèles, notamment Savaric de Mauléon, mais je crois que la diffusion de la poésie occitane en Angleterre fut surtout l'œuvre d'Henri III (1216-1272) et de son épouse, la reine Eléonore.

Fille d'un seigneur-troubadour, le comte Raimon-Bérenguier IV (3), la nouvelle souveraine dont l'enfance et la jeunesse s'étaient passées,

(1) On a de lui un *sirventes*, dont il existe, à la fois, un texte en langue d'oc et un texte en langue d'oïl, et Francesco Redi, d'après un manuscrit perdu, cite deux vers provençaux tirés d'une pièce dont il serait l'auteur (Cf. Chabaneau, *Notes sur quelques manuscrits perdus ou égarés*, p. 28).

(2) Il fit deux séjours en Angleterre : l'un de six mois environ, après la mort de son père (1189), l'autre de six semaines, en 1194.

(3) Il nous reste de Raimon-Berenguier IV (1209-1245) deux *tensons* et peut-être aussi deux *coblas*.

à la cour de son père, dans la société des trouveurs d'Occitanie (1), n'entraîna-t-elle à sa suite que des gentilshommes provençaux (2) ? D'autre part, les hauts fonctionnaires du royaume, originaires, pour la plupart, du Midi de la France (3), oublièrent-ils si vite les chansons courtoises de leur pays ? J'aurais peine à le croire. En Provence, en effet, la poésie Occitane ne semblait pas près de s'éteindre : Bertran d'Alamanon, Blacatz, Cadenet, Boniface de Castellane donnaient alors la mesure de leur talent, tandis qu'en Languedoc Bernard de Rouvenac, Guilhem Montanhagol, Guiraut Riquier se montraient dignes des grands poètes disparus. Du reste, l'intérêt du public méridional pour l'œuvre des troubadours semble avoir été praticulièrement vif, dans la seconde moitié du treizième siècle. De la splendeur passée le souvenir est encore vivant : Matfre Ermengaud recueille dans son *Breviari d'Amor* (4) maints couplets des écrivains d'an-

(1) Bertran d'Alamanon, Sordel, Peire Bremon, Blacatz furent parmi les familiers du comte de Provence.

(2) Mathieu Paris, à propos des fêtes qui marquèrent le mariage d'Henri III et d'Eléonore de Provence, écrit dans son *Angli Historia Major* (p. 406) : « Quid in mensa dapium et diversorum libaminum describam fertilitatem redundantem, venationis abundantiam, piscium varietatem, *joculatorum voluptatem ?... Quicquid mundus effundere potuit voluptatis et gloriæ, eminus ibi demonstrabat.* » La poésie méridionale n'était-elle pas représentée ?

(3) Le soulèvement des seigneurs anglais conduits par Simon de Montfort eut pour cause principale leur mécontentement de voir Henri III favoriser les Provençaux au détriment de la noblesse du pays. (Hume, *History of England*, ch. XII).

(4) Matfre Ermengaud a commencé ce volumineux ouvrage de 34.000 vers en 1288.

tan, et les copistes s'appliquent à composer la plupart des chansonniers provençaux que nous possédons aujourd'hui (1). Or, au Moyen âge, on ne gaspille généralement ni son temps ni ses deniers à copier des ouvrages qui n'intéressent plus personne.

Je suppose donc que la cour d'Angleterre est devenue, à partir de 1236, sous l'impulsion d'Eléonore et des gentilshommes provençaux de son entourage, un centre littéraire où s'est intensement développée l'influence méridionale qu'avaient amorcée les souverains précédents, mais que les habitudes littéraires et le tempérament même du peuple anglais avaient entravée jusqu'alors (2).

On comprendrait, en ce cas, que les premières poésies composées en Angleterre sur le modèle

(1) Cf. sur ce point la *Bibliographie sommaire des chansonniers provençaux*, publiée par M. Jeanroy (*Classiques français du Moyen âge*, 16).

(2) Pendant tout le Moyen âge, la poésie narrative et la poésie religieuse prédominent en Angleterre .Il est typique de voir Chaucer et Gower, attirés d'abord par la lyrique amoureuse, s'en détourner ensuite pour se consacrer à des œuvres de longue haleine. On ne saurait oublier non plus que la première influence des chansonniers français et provençaux se manifesta dans les hymnes à la Vierge, seule « dame » dont l'amour fût digne d'inspirer les poètes. Guillaume de Malmesbury nous apprend que Thomas de Bayeux, archevêque d'York, si l'on chantait en sa présence une œuvre qui fût de la manière des jongleurs, la transposait aussitôt en louange divine: « *Si quis in auditu ejus arte joculatoria aliquid vocale sonaret, statim illud in divinas laudes effigiare* » (Hamilton *Wilhelmi Malmesbiriensi monachi Gesta pontificum Anglorum libri quinque*, Londres 1870; livre III § 116). Une telle disposition d'esprit explique sans doute le « mélange de mysticisme et de sensualité qui allait être une des caractéristiques du xiv$^{e}$ siècle » (Jusserand, *Histoire littéraire du Peuple Anglais*, I, p. 231).

des chansons occitanes ne remontent pas au delà de 1250 (1). On s'expliquerait mieux aussi pourquoi certaines images, qui n'ont pas laissé de trace dans l'œuvre des trouvères, se retrouvent dans la poésie anglaise, et pourquoi les écrivains d'Angleterre se rapprochent parfois plus que ceux de France de leurs modèles communs.

Il est cependant indéniable que les poètes du Nord ont été connus de bonne heure outre Manche et que leurs chansons, écrites dans une langue que comprenaient alors presque toutes les classes de la société anglaise (2), ont contribué, pour une très large part, à répandre la doctrine amoureuse des troubadours (3).

Aux influences directes, dont j'ai parlé dans les pages qui précèdent, les trouvères ont ajouté une influence indirecte, — mais plus large, — sans laquelle, peut-être, la poésie amoureuse n'eut point fleuri en Angleterre (4).

---

(1) Le recueil *Harley* 2253, fut composé dans les premières années du XIV° siècle, entre 1300 et 1310.

(2) Pendant plus de deux siècles après la bataille d'Hastings, l'anglais ne fut employé en Angleterre que par les classes inférieures. Tous les souverains, jusqu'en 1362, s'exprimèrent uniquement en français, et tous les gens instruits de l'époque, nobles, prêtres ou lettrés, furent capables de parler, de lire et d'écrire la langue des conquérants, la seule officiellement admise.

(3) Cette poésie est, en effet, tout imprégnée de celle des troubadours. Cf. A. Jeanroy, *De medii ævi poetis*... et J. Anglade, *Les Troubadours* (chap. XI).

(4) Telle paraît être également l'opinion de Schofield (*An English Literature from the Norman conquest to Chaucer*, pp. 68-69.) : « The formal influence of Provençal on English poetry... appears to have manifested itself... *by direct channels of communication, not always, if perhaps chiefly by way of France.* »

## CHAPITRE II

# L'Influence des Troubadours en Angleterre avant Chaucer et Gower

Quand, après avoir parcouru les chants des troubadours, on passe à l'étude des poèmes composés en Angleterre dans la seconde moitié du XIIIe siècle, on n'a nullement l'impression de se mouvoir dans un monde nouveau de pensées et de sentiments. Il semble, au premier abord, que les mêmes personnages reviennent conter, dans une langue différente de celle qu'ils parlaient jadis, leurs joies et leurs déceptions amoureuses. Il serait faux cependant de s'imaginer que l'œuvre des poètes anglais de cette époque se réduit à des emprunts mal dissimulés, à des adaptations fidèles, où l'esprit et le cœur de l'écrivain n'interviennent jamais. Il faut bien reconnaître, au contraire, que leur imitation n'est pas toujours un esclavage, et que, si parfois elle est évidente, elle se cache le plus souvent sous des réminiscences vagues et presque insaisissables, sous des délicatesses d'expression, des formules et des images, et se démêle à grand peine de ce qui constitue véritablement le travail personnel de l'artiste.

Les troubadours, que les longs et tristes mois d'hiver retenaient enfermés dans les châteaux, saluaient avec enthousiasme le retour du printemps. C'était pour eux le signal des fêtes et des chants, la saison par excellence de la joie et de l'amour. Aussi quels mots ne trouvaient-ils pas quand la gaieté « ensoleillait » leur cœur, pour célébrer cette aimable saison, avec ses feuilles et ses fleurs, ses chansons et ses parfums ! Mais, si leur Dame était cruelle, si leur tendresse était vaine, le spectacle de la nature débordante de tendresse et de vie rendait leur douleur plus vive et faisait leurs plaintes plus émouvantes.

Ils tirèrent habilement parti de ce contraste, et ce fut pour eux un procédé que d'opposer, dès le début de leurs œuvres, leur âme désolée à l'exubérance luxuriante des premiers beaux jours : « En avril, dit Bernard de Ventadour (?), quand je vois verdir les prairies et fleurir les vergers, quand je vois les eaux devenir plus limpides et que j'entends se réjouir les oiseaux, je chante, moi qui devrais pleurer de la peine d'amour qui me tourmente. »

En abril quan vey verdeyar
Los pratz vertz, e'ls vergiers florir
E vey las aiguas esclarzir,

E aug los auzels alegrar...
Ieu chant, que deuria plorar
D'ira d'amor que' m fai languir (1).

Les poètes anglais commencent leurs chants d'une manière toute semblable. Si l'on compare, en effet, le passage que nous venons de citer avec les vers suivants, écrits en Angleterre vers le milieu du XIII<sup>e</sup> siècle, on y trouve, avec de légères différences de forme, une pensée absolument identique : « En la saison où l'herbe paraît, où la matinée reverdit, où les oiseaux chantent gaiement en la ramée, lors est ma douleur doublée, car je n'ai point de joie, tant la destinée m'accable » :

En lo sesoun qe l'erbe poynt,
E reverdist la matinée,
E sil oysel chauntent a poynt,
En temps d'avril, en la ramée,
Lores est ma dolur dublée :
Que jeo n'en ai de joie poynt,
Tant me greve la destinée (2).

Ce n'est d'ailleurs pas la seule ressemblance qui frappe dans ce morceau. Ce qu'il offre de plus caractéristique, en effet, c'est peut-être l'emploi de rimes formées d'un même mot ou de ses dérivés, et que les *Leys d'Amors* appelent *dériva-*

(1) Raynouard, *Choix des Poésies originales des Troubadours*, III, page 82. Cf. édit. Appel, p. 340.

(2) Paul Meyer, *Mélanges de Poésie anglo-normande*, 2. Cf. Chaytor, *The Troubadours*, ch. IX, page 136.

*tives* (1). On s'en apercevra surtout en lisant la troisième strophe de cette chanson :

Murnes et pensif m'en depart,
Que trop me greve la partie ;
Si n'en puis aler cele part,
Que ele n'eyt a sa partie
Mon quor tot enter saunz part,
E jeo n'ey unkes del soen part ;
A moi est dure la partie.

« Je m'éloigne morne et pensif, car la séparation m'est très pénible. Cependant je ne peux m'en aller là-bas sans qu'elle garde mon cœur tout entier et je n'obtiens jamais une part du sien ; ah ! que le départ m'est pénible ! » D'autre part, la disposition des rimes (*ababaab*) est, à peu de chose près, celle d'un poème de la Comtesse de Die, dans lequel la célèbre trobairitz se livre à la même recherche de style (*ababbaab*) :

Mout mi platz, quar sai que val mais,
Sel qu'ieu plus dezir que m'aia ;
E sel que primiers lo m'atrais,
Dieu prec que gran jòy l'atraia ;
E qui que mal l'en retraia,
Non creza fors so qu'el retrais,
Qu'om cuoill mantas vetz los balais
Ab que mezeis se balaia (2).

« Je suis heureuse de savoir que celui que j'ai-

(1) Edition Anglade, tome II, page 112.

(2) Mahn, *Werke der Troubadours*, I, p. 77. str. 2, traduction de M. Anglade dans *Les Troubadours*, chapitre VII, page 152.

me est le plus vaillant qui soit au monde ; je prie Dieu qu'il donne grande joie à celui qui le premier m'attira vers lui. Quelque médisance qu'on lui rapporte, qu'il n'ait confiance qu'en moi ; car souvent on cueille la verge dont on se bat soi-même ».

Voici maintenant une pièce de la même époque où l'influence de la poésie occitane est plus facile à saisir. Le poète, en effet, ne se contente pas d'emprunter à l'écrivain méridional le thème sur lequel il a composé sa chanson. Il lui prend jusqu'aux expressions dont il s'est servi : « Quand *le temps se renouvelle* et *que les bois reverdissent, chaque oiseau appelle sa compagne*, celle qu'il a choisie ; lors veux-je chanter ma douleur »,

Quant le tens se renovelle
E reverdois cy bois,
Cist oysials sa pere apele
Cele cum a pris a choys ;
Lur voil chanter sur mon peis... (1).

C'est ainsi que Bernard de Ventadour commence l'un de ses couplets : « *Quand le bocage est fleuri*, dit-il, et que je vois *le temps se renouveler*, quand *chaque oiseau cherche sa compagne* et que le rossignol fait chants et cris, de la grande joie que j'éprouve me vient un tel oubli que je

(1) Paul Meyer, *les Manuscrits français de Cambridge : le Manuscrit DD. 10-31* ; VII.

ne peux tourner mon attention vers aucun autre objet » :

Can lo boschatges es floritz
E vei lo tems renovelar,
E chascus auzels quer sa par,
E·l rossignols fai chans et critz,
D'un gran joy me creis tal oblitz
Que ves re mais no·m posc virar... (1).

La poésie de langue anglaise porte aussi la trace de cette influence. Deux au moins des chansons mondaines publiées par Boeddeker dans ses *Altenglische Dichtungen*, et par Morris, dans les *Specimens of Early English*, commencent par une description du printemps qui semble de même calquée sur les troubadours. L'auteur du poème intitulé *Alysoun* se plaint, en effet, que ses désirs ne soient pas exaucés, tandis que tout le monde, autour de lui, s'abandonne à l'allégresse et à l'amour :

Bytuene Mersh & aueril,
When spray biginneth to springe,
The lutel foul hath hire wyl
On hyre lud to synge ;
Ich libbe in loue longinge
For semlokest of alle thinge ;
He may me blisse bringe,
Icham in hire baundoun (2).

---

(1) Bernard de Ventadour, Edition Appel, XL, page 226.

(2) Morris and Skeat, *Specimens of Early English* (1150-1393), tome II, p. 43, et Bœddeker, *Altenglische Dichtungen*, p. 169. M. Koszul, dans son *Anthologie de la littérature anglaise*,

Bernard de Ventadour commence également l'une de ses chansons par un gracieux petit tableau du moins « où bois et buissons se couvrent de feuilles, où la fleur et la verdure apparaissent dans les vergers et dans les prairies, où les oiseaux, qui ont été paresseux jusqu'alors, sont gais sous le feuillage » :

« Lancan folhon bosc et jarric,
E'lh flors pareis e'lh verdura
Pels vergers et pels pratz,
E'lh auzel, c'an estat enic,
Son gai desotz los folhatz... (1).

Et, dans un autre de ses poèmes, il dit encore : « Quand l'herbe fraîche et la feuille paraissent, quand le verger se couvre de fleurs en boutons et que le rossignol, d'une voix sonore et claire, se

---

tome I, p. 32, a donné de ces quelques vers l'heureuse traduction que voici :

Du mois de mars au mois d'avril,
Quand le rameau s'élance,
Tout oiselet en son babil,
Chante à sa suffisance
Et moi je vis en désirance
De la plus belle en existence ;
Elle est toute mon espérance,
Je suis en son bandon.

Il semble que cette mode ait trouvé en Angleterre un accueil très favorable, puisque même des pièces religieuses commencent ainsi. Cf. Bœddeker, *op. cit.*, G. L., VII, p. 196 : « Quand je vois surgir les fleurs et que j'entends les oiseaux chanter, une douce désirance point mon cœur »,

When y se blosmes springe,
  Ant here foules song,
A suete louelongynge
  Myn herte thourh out stong...

(1) Bernard de Ventadour, Edition Appel, XXIX, p. 140.

met à chanter... hélas ! combien je meurs de désir... »

Cant l'erba fresch' e'lh folha par
E la flors boton' el verjan,
E'l rossignols autet e clar
Leva sa votz e mou son chan...
Ai las ! com mor de cossirar ! (1).

Enfin, le début de la *Complainte du Poète* fait penser à certains passages de Giraut de Bornelh et de Bernard de Ventadour. « Quand le rossignol

---

(1) Bernard de Ventadour, édition Appel, XXXIX, page 220.
Comparez aussi les vers suivants d'Arnaut de Tintignac : « La joie commence en un beau mois, en la meilleure époque de l'an, quand les oiseaux chantent, en la douce saison d'été qui amène une douce gaieté ; les poètes alors se réjouissent, mais moi je suis de nouveau hélas ! en proie à la fièvre ! » (J. Audiau, *Troubadours et jongleurs du Bas-Limousin*).

Lo joi comens' en un bel mes
En la meillor sazon de l'an,
Quan li auzelh menon lur chan,
Contra'l dous termini d'estiu
Qu'aport' una doussa sabor
Per que s'alegran chantador,
Et ieu las ! torn en recaliu.

M. Chaytor (*The Troubadours*, ch. IX, p. 137) signale la ressemblance qui existe, quant à la disposition des rimes (*ababbbbc*) entre *Alysoun* et la tenson suivante de Jaucelm Faidit :

N'Albert eu sui en error
D'aquest dos cortes plaitz jujar :
Que doas domnas per amor
Volgron lor cavallier baissar.
E l'una no'l auset far,
Anz comenset a plorar ;
E l'autra no's pot mudar
Que non complit tot son talen.

(Ludwig Selbach, *Das Streitgedicht in der altprovenzalischen Lyrik*, page 123) : « Albert, je suis en peine pour juger ces deux différents courtois : deux dames, par amour, voulurent embrasser leur cavalier ; l'une ne l'osa pas faire et se mit à pleurer, l'autre ne put se tenir de satisfaire tout son désir. »

chante et que les bois verdissent, dit l'écrivain anglais, quand la feuille, l'herbe et la fleur surgissent, en avril, je suis pensif et l'Amour m'a frappé au cœur d'une lame tellement acérée que nuit et jour il boit mon sang et que mon cœur, sans cesse, se lamente » :

When the nyhtegale singes, the wodes waxen grene,
Lef & gras & blosme springes in aueryl, y wene
Ant loue is to myn herte gon with one spere so kene,
Nyht & day my blod hit drynkes, myn herte deth
[to tene (1).

La même pensée se retrouve dans Giraut de Bornelh sous une forme très voisine : « Le chant du rossignol n'a plus pour moi de charmes, tant j'ai le cœur morne et triste. Et cependant, je m'étonne qu'avril ne m'ait pas réjoui ; car c'est l'époque où, d'ordinaire, ma joie redoublait. Mais aujourd'hui ne me plaisent ni la fleur, ni les fruits qui pendent aux rameaux » :

No'm platz chans de rossinhol,
Tant ai mo cor morn e trist !
E pero si'm meravilh,
Car no m'alegret abrils ;
C'anc mais no fo negus ans
De joi no'm dones dos tans.
Mas ogan no'm platz la flors
Ni'l fruchs del ram no m'agrada (2).

(1) Boeddeker, *op. cit.*, W. L., XII, p. 174.

(2) Giraut de Bornelh (édit. Kolsen, XIX, p. 96). Traduction de M. J. Anglade (*Les Troubadours*, p. 131).

Peut-être même y aurait-il lieu de citer le morceau célèbre de Bernard de Ventadour : « L'aimable temps de Pâques, avec la fraîche verdure, nous apporte feuille et fleur de diverses couleurs. Aussi tous les amants sont-il gais et ont-ils désir de chanter ; mais moi, pour qui la joie n'a point de charmes, je gémis et je pleure ».

Lo gens temps de pascor,
Ab la fresca verdor,
Nos adui fuelh e flor
De diversa color ;
Per que tug amador
Son guay e cantador
Mas ieu, que plang et plor,
Cui jois non a sabor (1).

De plus, la comparaison des peines d'amour avec un coup de poignard ou de lame se retrouve chez Folquet de Marseille et chez Jaucelm Faidit. Le troubadour marseillais se plaint que le dieu d'Amour l'ait frappé d'un tel coup de lance que rien ne l'en saurait guérir :

E·l dieus d'Amor a·m nafrat de tal lansa
Don no·m ten pro sojornars ni jazers (2).

Et le poète limousin déclare qu'Amour lui appuie sa lance sur le cœur, avec l'intention de le tuer :

---

(1) Edition Appel, XXVIII, p. 165.
(2) Edition Stronski, VI, 23-24, p. 33.

Ara'm te sa trencan lansa
Al cor, de que'm vol ausire (1).

Nous avons montré ce que le début de ces poèmes anglo-normands doit aux poètes occitans. Les imitateurs des troubadours n'oublient de même ni les soupirs, ni les larmes, ni les tourments qui sont la conséquence presque inévitable de l'amour. Comme celle des écrivains méridionaux, leur voix tremble de joie ou frémit de désespoir ; comme eux, leurs journées se passent à gémir, et leurs nuits sans sommeil sont troublées par la pensée de leurs dames : « La nuit, quand je me tourne et veille, c'est d'amour pour toi que désir m'est venu », dit l'auteur d'*Alysoun* :

Nihtes when y wende & wake...
Leuedi, al for thine sake
Longinge is ylent me on.

« Quand je devrais reposer et dormir, la nuit, comme le veut la nature, dit un autre, tous mes esprits sont troublés, tant votre grande beauté se présente soudain à ma pensée » :

Whan Reste and slepe y shulde haue noxiall,
As Requereth bothe nature and kynde,
Than trobled are my wittes all,
So sodendly Renyth in my mynde
Your grete bewte ! (2).

(1) Mahn, *Gedichte*, I, n° 125, Cf. Lanfranc Cigala (Bertoni, *Trovatori d'Italia*, XXXVI, str. II, p. 327).

(2) Furnivall, *Political, Religious and Love poems*, p. 71 ; *Unto my Lady, the Flower of Womanhood.*

Et le même poète regrette que le réveil mette fin aux illusions charmantes de ses rêves nocturnes : « Il me semble que je vous tiens dans mes bras, mais, quand je m'éveille, vous avez disparu » :

Me thynketh than y finde
You as gripyng in myn armes twey ;
Bute whan y wake, ye Are away (1).

En présence de textes de ce genre, on ne peut s'empêcher de songer à certains passages, dans lesquels Bernard de Ventadour, Arnaut de Mareuil et Augier recontent leurs tourments : « Je ne dors ni matin ni soir », dit le premier, ou bien encore : « Je sais bien, lorsque je me déshabille le soir pour me mette au lit, que je ne pourrai pas dormir, car je perds le sommeil, noble dame, quand il me souvient de vous » :

Qu'ieu no dorm mati ni ser... (2).

Be sai la nueg quan mi despolh
El lieg qu'eu no dormirai re :
Lo dormir pert, car eu lo'm tolh,
Domna, quan de vos mi sove (3).

Arnaut de Mareuil endure la même suffrance : « Le jour, j'endure bien des tourments, déclare-

(1) Furnivall, *op. cit.*, p. 71 : *Unto my Lady...*
(2) Edition Appel, XLV, p. 271.
(3) *Ibid.*, XLI, p. 235.

t-il ; mais, la nuit, ma peine augmente, car, lorsque je suis allé me coucher et pense avoir quelque repos, tandis que tous mes compagnons dorment, car tous les bruits se sont tus, alors je me tourne, je me retourne sans cesse ; je pense et je repense ; puis, je soupire » :

Tot jorn sofre aital batalha,
Mas la nueg trac peior trebalha :
Que, quan me sui anatz jazer
E cug alcun respaus aver,
E'l compagno dormon trestuit,
Que res non fai n'auia ni bruit,
Adoncx me torn e'm volv' e'm vir,
Pens et repens, e pueis sospir (1).

« Souvent, dit-il encore à sa dame, il m'advient, la nuit, lorsque je suis couché, de dormir, en apparence à vos côtés : alors, si grande est ma joie que je voudrais ne pas être réveillé tant que pourrait durer cette aimable pensée ; et, quand, je m'éveille, je pense mourir de désir. »

Soven m'aven, la nueg, quan sui colgatz,
Qu'ieu sui ab vos per semblan en durmen :
Adoncs estauc en tan ric jauzimen
Qu'ieu non volgra ja esser rissidatz
Tan cum dures aquel plazens pensatz ;
E, quan m'esvelh, cug murir deziran... (2).

---

(1) Raynouard, *Choix*, III, p. 199. Cf. Amanieu de Sescas (Appel, *Provenzalische Chrestomathie*, n° 100, p. 140) ; Raimon Jordan (édit. Kjellman, p. 109) et Arnaut Daniel (édit. Lavaud, V, str. I, p. 28).

(2) Raynouard, *Choix*, III, p. 215. Cf. Bartsch, *Chrestomathie Provençale*, col. 106, v. 15-27, où le même poète reprend cette idée ; cf. aussi Rambertino Buvalelli (Bertoni, *Trovatori d'Italia*, VIII, v. 16-18, p. 231).

Et, c'est une plainte semblable que le troubadour Augier adresse à sa dame : « Pour vous, belle et douce amie, nuit et jour j'endure un cruel martyre »,

Per vos, bella douss' amica,
Trag nueg e jorn gren martire.

D'autre part, pour les écrivains anglais comme pour les troubadours, il ne s'agit pas seulement d'une douleur morale. A force de gémir et de pleurer, le poète peut non seulement devenir fou, mais même perdre la vie. Leurs déceptions amoureuses réagissent sur leur tempérament physique autant que sur leur esprit. L'amant malheureux n'est bientôt plus que l'ombre de lui-même ; il ne dort plus, ne boit plus, ne mange plus ; sa vie se consume dans les larmes : « Pour toi mes joues palissent », dit l'auteur d'*Alysoun :*

For thi myn wonges waxeth won.

Il n'est d'ailleurs pas le seul à se plaindre de sa condition : « Pour elle, déclare un autre poète de cette époque, je vis plein d'inquiétudes et de soucis ; pour elle, je dépéris et deviens malade ; pour elle, ma joie est pauvre et je deviens tout pâle ; pour elle, je m'épuise pendant mon sommeil ; pour elle, je veille toute la nuit ; pour elle, je fais plus de gémissements que n'importe quel homme » :

For hire loue y carke ant care,
For hire loue y droupne ant dare,
For hire loue my blisse is bare,
Ant al ich waxe won ;
For hire loue in slep y slake,
For hire loue al nyht ich wake,
For hire loue mournyng y make
More then eny mon (1).

Un de ses contemporains se désespère également de « se faner comme la feuille en été, quand elle est verte » :

Al y falewe so doth the lef in somer when hit is
[grene (2).

Un autre craint que sa raison ne puisse résister à tant de pénibles épreuves : « Les chagrins, et les soupirs et la tristesse m'étreignent si fort que je pense devenir fou, s'il en va plus longtemps ainsi » :

Sorewe & syke & drery mod byndeth me so faste,
That I wene to walke wod, yef it me lengore laste (3).

La même idée se trouve dans une autre chanson écrite à peu près à la même époque : « Je suis accablé de désir ; sur terre je deviens fou : une jeune fille me fait mourir de chagrin ; je pleure, je gémis, malheureux ; vous m'avez con-

(1) Bœddeker, *op. cit.*, W. L., X, p. 171.
(2) *Ibib.*, W. L. XI, p. 172.
(3) *Ibid.*, W. L. XI, p. 172.

damné à la souffrance ; guérissez-moi, je vous en prie » :

With longyng y am lad,
On molde y waxe mad,
A maide marreth me ;
Y grede, y grone, vnglad,
To routhe thou hauest me rad ;
Be bote of that y bad (1).

Hélas ! si cruel est leur martyre que, si leur dame ne les prend pas en pitié, c'en est fait de leur vie (2). Non point qu'ils songent au suicide ! Mais, à force de les épuiser, le chagrin les mène rapidement au tombeau : « Envoie-moi bientôt ton message, avant de m'avoir tué », implore l'auteur d'une chanson anglaise :

---

(1) *Ibid.*, W. L. III, p. 149. Cf. Furnivall, *op. cit.*, *Unto my Lady, the Flower of woomanhood*, str. IV.

(2) Pour exprimer combien l'amour de sa dame est indispensable à sa vie, le troubadour Pons de Capduoill emploie une comparaison qu'on retrouve un siècle plus tard, chez le poète anglais Lydgate, et chez Chaucer (Cf. chap. III) :

« Pas plus que le poisson ne vit séparé de l'eau, dit le premier, je ne saurais vivre si ma dame se complaît à mon malheur » (édition Napolski, p. 85),

Aitant pauc co'l peissos
Viu ses l'aiga, viurai si'l platz mos dans
Midons...

et Lydgate : « Je suis, quand je ne peux vous voir, comme le poisson sur le rivage, quand on l'a tiré de l'eau et mené sur la terre ferme »,

I fare, whan I may yow not se,
As doth the fysch upon the stronde,
Out of the watyr brought to londe.
(*Continuation of the Temple of Glas*).

Il est vrai qu'un poète italien du *Trecento* — Chiaro Davanzati — avait déjà, dans l'une de ses pièces, reproduit l'image du troubadour.

& sent thou me thi sonde
Sone, er thou me slo (1).

tandis qu'un poète également anonyme se plaint que sa dame « veuille le faire mourir longtemps avant son heure » :

Heo me wol to dethe bryng
Longe er my day (2).

Il suffisait cependant, pour mettre fin à cette horrible douleur, d'un regard indulgent, d'une parole encourageante, à plus forte raison d'un baiser : « Mon chagrin, mon souci, elle pourrait tout anéantir d'un mot », affirment-ils. « Un doux baiser de ta bouche, disent-ils encore, pourrait seul me guérir » :

My serewe, my care, al with a word he myhte awey
[caste (3).
A suete cos of thy mouth mihte be my leche (4).

Les Troubadours parlaient le même langage. Peire Raimon de Toulouse, par exemple, supplie sa bien-aimée de « ne plus le faire souffrir et de ne pas le faire mourir complètement ; car, ajoute-t-il, il ne faut pas qu'elle pense, quoique je rie et que je chante, que je puisse supporter longtemps mon mal » :

---

(1) Bœddeker, *op. cit.*, W, L., III, p. 149, *ibid*, p. 150, vers 25.

(2) Bœddeker, *op. cit.*, W. L., VII, page 162. Cf. Paul Meyer, *Manuscrits français*, II, vers 44, 52, 58, IV, v. 101 etc...

(3) *Ibid.*, W. L. XI, page 172.

(4) *Ibid.*, W. L. XII, page 174.

Ja no m'anes plus languian,
Ni no'm volgues del tot aucir ;
Quar no's cug, si be'm ri ni m'chan,
Qu'o puesca longamen sufrir (1).

Peire Rogier se plaint de même d'endurer « un mal mortel et de pouvoir à peine vivre » :

Ieu trac per lieys mal mortal
Tan qu'a penas puesc viure (2).

Un autre, Aimeric de Pegulhan, estime que la vie qu'il mène est pire que la mort :

Domna, ja es ma vida piegz de mort (3) ;

tandis que Peire Vidal, que l'exagération n'effraie point, s'écrie : « Amour, je suis près du tombeau parce que vous me malmenez ainsi ! »

Amors, pres sui de la bera
Quar m'etz tan de mala guiza ! (4).

Bernard de Ventadour implore de même la pitié de sa dame, dont la rigueur pourrait le tuer :

---

(1) Peire Raimon de Toulouse, édition J. Anglade, VI, 4, page 39.

(2) Raynouard, *Choix des Poésies originales des Troubadours*, tome III, p. 29. Cf. Jausbert de Puycibot IX, 24 ; Elias de Barjols (édition Stronski, II, 11, p. 4 ; XIV, 11, p. 36) ; Giraut de Salignac (édit. Lavaud, III, 21, p. 7 ; édit. Strempel, *App.*, n° 1, p. 71) ; Pistoleta (édit. Niestroy, IV, 36, p. 39) ; Magret (édit. Naudieth, I, p. 105 ; III, 21, p. 119) ; Guiraut d'Espagne (édit. Hoby, II, 27), etc...

(3) Mahn, *Werke der Troubadours*, II, p. 162.

(4) Peire Vidal, édition Anglade, p. 98.

Domna, per merce'us queregra
Que'us prezes merces de me,
Car tem que mortz me destrenha (1).

Guiraut le Roux et Guilhem Adhémar affirment aussi qu'ils vont mourir si leur tendresse ne reçoit pas enfin la récompense qu'elle mérite.

E morrai tost se calaquom no ves,

écrit le premier, tandis que l'autre confesse avec amertume : « je suis pris d'un mal qui, je le crains, me donnera la mort si ma dame, bientôt, ne me réconforte »,

Pres n'ai lo mal don cug qu'aurai la mort,
S'in breu de temps no fai de que' m cofort (2).

D'autres poètes n'hésitaient pas à décrire les effets physiques de leur infortune amoureuse. « Je me demande comment je peux me tenir, dit Arnaut de Mareuil, car je n'ai ni force ni couleurs »,

Meravilh me car me sostenc,
Que' l cors me falh e las colors (3).

« Je meurs de désir et d'amour pour vous, dé-

(1) Edition Appel, II, 48. Cf. *ibid.*, IV, 53 ; XLIII, 22 ; Guilhem Montanhagol (édit. Coulet), II, 29-30.

(2) Raynouard, *Choix*, III, p. 12 (Guiraut le Roux) et 193 (Guilhem Adhémar). Cf. Folquet de Romans (édit. Zenker) II, 19-23 ; et XIII, 189-90 ; Jausbert de Puycibot (édit. Shepard), XIII, 34 ; Sordel (édit. de Lollis, XX, 46 ; XXX, 23) ; Simon Doria (Bertoni, *Trovatori d'Italia*, LIV, 5), etc...

(3) Mahn, *Werke*, t. I, p. 153 ; de même Guilhem de Cabestanh (édit. Langfors, III, v. 38, p. 22).

clare à sa dame un autre troubadour. Vous le pouvez voir à la couleur de mon visage »,

Qu'ieu mor per vos d'amor e de talen,
E podetz o proar a ma color (1).

Et Peire Vidal proclame « qu'il maigrit et se dessèche » :

Per ma donna maigrisc e sec (2).

Mais, qu'il s'agît des troubadours ou des poètes anglais, il suffisait d'un rien pour dissiper leur tristesse, pour mettre fin à leurs souffrances, pour ranimer leur esprit et leur corps : « A suete cos of thy mouth mihte be my leche » avons-nous lu dans une chanson anglaise. De même, Bernard de Ventadour nous confie : « Mais à sentir son doux baiser, je serais bientôt guéri de mon mal » :

Mas ab dous sentir d'un baizar
For'eu tost d'est mal reperitz (3).

---

(1) Aimeric de Pegulhan (*Canzoniere* A., n° 387).

(2) Edition Anglade, p. 54. Cf. Amanieu de Sescas (Raynouard, *Choix*, V, p. 21) ; Peire Raimon de Toulouse (édit. Anglade, p. 34) ; Guiraut d'Espagne (édit. Hoby, VII, 18, p. 22), a tant souffert que ses cheveux ont blanchi prématurément.

(3) Edition Appel, XL., p. 226 ; Cf. Elias de Barjols (édit. Stronski, II, 12, p. 4) ; Arnaut Daniel (éd. Lavaud, p. 100); Jausbert de Puycibot, (édit. Shepard, IX, v. 31-32), et Guilhem Adhémar (Raynouard, *Choix*, III, p. 192) : « Un mal cruel m'a frappé dont je souffre et mourrai si elle ne me délivre de ma douleur par un doux baiser. »

Si m'a sorpris us grans mals don mi duelh,
Don ieu murrai, si la dolor no'm tuelh
Ab un dous bais...

Aucun de ces poètes cependant — qu'il s'agisse des écrivains d'Angleterre ou de leurs modèles — ne songe à détourner ses hommages de la cruelle dame qui le torture ainsi (1). C'est d'elle seule que l'amant malheureux attend sa guérison :

« Je ne veux guérir que par vous » dit un écrivain anglo-normand,

> Ne quer garir se par vus nun (2).

« Je puis vous l'assurer, je ne désire point qu'une autre me secoure », lisons-nous ailleurs :

> Si vus puys ben aficher
> Kar d'autre ne quer ayue (3).

Les poètes de langue anglaise parlent de même : « Va, dit l'un d'eux à son œuvre, va dire à ma dame, fleur de tout beauté, que son ami vit dans une langueur mortelle — son vieil ami, qui l'aime si fidèlement, qui n'a d'amour que pour elle, et qui ne l'abandonne pas pour une autre » :

---

(1) Bien mieux, quoique leur dame les fasse cruellement souffrir, ils sont tout disposés à reconnaître qu'ils sont les seuls coupables. « Je vous demande pardon de vos torts » dit Guilhem Magret (édit. Naudieth, p. 119, v. 43) :

> Ieu vos quier dels vostres tortz perdo.

Cf. P. Meyer, *Manuscrits français*, IV, vers 103-104) : Puisqu'elle ne veut pas avoir pitié, je crois bien que j'en porte la faute »,

> Puis k'ele ne voet pité prendre,
> Ben crei ke m'en seit le tort.

(2) P. Meyer, *Mélanges*, p. 374. Cf. Guilhem Magret (éd. Naudieth, p. 111, v. 29).

(3) P. Meyer, *Manuscrits français*, II, v. 59-60.

... Hire olde louer that loueth hire so trewe,
Hire louynge alone, not schanging for no newe (1).

Que de fois nous l'avons lue, cette protestation de fidélité, dans l'œuvre des troubadours ! « Je reconnais, dit Simon Doria, que la mort m'attend, mais j'aime si fidèlement ma dame que je ne renoncerai pas à elle »,

Per qu'ieu conosc qu'a murir m'er, zo sai,
Ni no:m partrai tant son fizels amaire (2).

« J'aime mieux vivre désespéré, proclame Raimbaut d'Orange, qu'être aimé d'une autre dame »,

E platz mi mais viure desesperatz
Que si ieu fos per altra domn' amatz (3).

« Jeune fille, déclarait aussi Guiraut Riquier, aucune joie ne me plaît venant d'une autre femme que vous »,

Toza, nulhs joys ses lo vostre no'm plai
D'autra del mon... (4).

Ils ont en effet choisi l'être le plus charmant et

---

(1) Furnivall, *op. cit.*, p. 72 : *Unto my Lady*. Cf. Bœddeker, W. L., III, vers 21 sq., p. 150.

(2) Bertoni, *Trovatori d'Italia*, LIV, v. 5-6, p. 302. Cf. Elias de Barjols (éd. Stronski, v. 36-6, p. 23).

(3) Mahn, *Werke*, I, p. 68.

(4) J. Audiau, *La pastourelle*, X, v. 21-22, p. 51. Cf. Bernard de Ventadour (édition Appel, IX, v. 34 et suiv., p. 56), Uc de la Bachélerie (II, v. 5-6 ; J. Audiau, *Troub. et Jongl. du Bas-Limousin*) ; Peire Rogier (edit. Appel, IV, 48-49, p. 50) ; Raimbaut de Vaqueiras (Mahn, *Werke*, I, 362) ; Buvalelli (*Trovatori d'Italia*, p. 240) ; Pistoleta (*ibid.*, pp. 39 et 43), etc...

le plus accompli qu'il soit possible de rencontrer ; une dame dont rien ne peut exprimer la grâce, car « il semble que Dieu lui-même l'ait faite à son image ». « Je ne puis décrire sa beauté, tant j'ai d'amour pour elle », dit l'auteur d'une chanson anglo-normande,

Sa beauté ne pui descrire,
Tant ay ver lui bon' amur (1).

« Il n'est pas au monde un homme assez savant pour dire toutes ses qualités », assure l'auteur d'*Alysoun :*

In world nis non so wytermon,
That al hire bounte telle con (2).

C'est une pensée fréquente dans la littérature méridionale : « Jamais, écrit Peire Rogier, l'on ne saurait dire la grande beauté de ma dame ni décrire brièvement son corps plus clair que rose et que neige »,

E en totz temps hom no poria dir
La gran beutat ni escriure en brieus
Del sieu cors clar plus qe rosa ni neus (3).

« Nul, prétend de même Rambertino Buvalelli, ne peut écrire toutes ses perfections, ni donner une idée de sa beauté » :

(1) P. Meyer, *Manuscrits français*, VII.

(2) Bœddeker, *op. cit.*, W. L., II, p. 148.

(3) Edition Appel, page 83. Cf. Elias Cairel (éd. Jaeschke, p. 128).

Hom non pot escrire
Los sieus bos aips, ni sa beutat devire (1).

« Dieu de gloire, roi et seigneur, ajoute le poète anglo-normand, quand il la fit, se distingua ; car, nul ne peut le nier, elle tient de beauté la fleur » :

Deu de gloire, reis e sire,
Kant la fist, si belle honur,
Ke de bealté tient la flur,
Nul ne poet contredire (2).

« Vous êtes au monde la plus gente dame qu'on puisse choisir, déclarait déjà Bernard de Ventadour, ou je n'y vois point clair des yeux qui vous regardent » :

La genser etz qu'om puesc' el mon chauzir,
O no y vey clar dels huels ab que'us remir (3).

Et Guilhem de Cabestanh saluait en sa dame « la plus belle de toutes, telle que Dieu lui-même la fit, sans faute, de sa propre beauté »,

Sobre totas la belhazor,
Qu'elh eys Dieus, senes fallida,
La fetz de sa eyssa beutat (2).

---

(1) Bertoni, *Trovatori d'Italia*, VI, p. 223.

(2) P. Meyer, *Manuscrits français*, VII.

(3) Edition Appel, pp. 5 et 6. Cf. Jausbert de Puycibot (éd. Shepard, IX, 25-26 ; XII, str. II et V ; XIII, str. V) et Guilhem Figueira (éd. Levy, *Appendice*, II, v. 25-26, p. 64).

(4) Edition Langfors, I, v. 4-6, p. 11. Peire Vidal (éd. An-

Ces rigoureuses amantes sont à leurs yeux, parées de toutes les perfections — physiques et morales — et l'on ne peut s'empêcher de les aimer aussitôt qu'on les voit : « Le premier jour que je vous aperçus, dit un poète anglo-normand, si délicate était votre beauté que je vous ai donné mon cœur ; mais vous, si parfaite de corps et de cœur, vous n'en avez rien su »,

Quant primes vus vi,
Tant futes de bealté fine
De tut mun quer vus seysi...
Mès vus k'estes enterine
De cors e de quœr ausy,
N'en seustes mot ne demi (1).

Peirol nous confiait de même : « La première fois que je la vis, elle me plut tellement que je ne pus rien garder de mon cœur : il fut tout à elle » :

Quant en premer la vi, me plac aitan
Que de mon cor retener non puec ges :
Totz fo ab leis... (2).

---

glade, p. 5), parle d'une dame à qui « Dieu a donné tant de beauté que la Nature y perd son droit »,

Qu'aissi·us fetz Dieus de faisso
Que Natura i pert razo.

Cf. Jausbert de Puycibot (éd. Shepard, XV, 31 sq.)

(1) P. Meyer, *Manuscrits français*, II, vers 13-19.

(2) Mahn *Werke*, II, p. 28. Cf. Peire Vidal (édit. Anglade, p. 18) : « Je fus pris quand j'eus vu ma dame, car aucune ne

Bref, comme la « belle amie » de Peirol dont, « si grandes sont la valeur et la beauté qu'elle est le *miroir et la fleur des meilleures* »,

Qu'ilh es miralhs e flors
De totas las melhors, (1).

la dame d'un poète anglais est « la *fleur des dames* », *la* « *souveraine de toutes fleurs* »,

Vnto my lady, of womenhede the floure...
As ye of all floures Are my Souerayn... (2)

et celle d'un écrivain anglo-normand est un *miroir*, car

Pur reprender lur vigur,
Chascun d'els en li se myre (3).

---

lui ressemble en mérite complet, joint à une valeur morale parfaite »,

Apoderatz fui quan ma domn' aic vista,
Car nulh' autra ab leis no s'aparelha
De pretz entier ab proeza complida.

*Cf. ibid.*, p. 58, vers 42-48 ; de même, Bertran d'Alamanon (édit. Salverda de Grave, p. 131) :

Lo primer jorn q'eu vi son cors prezan,
Anz qe'm partis denantz leis, m'ac conques
Sa granz beutatz...

« Le premier jour que je vis sa personne digne de louanges, avant même que je m'éloignasse, sa grande beauté m'a conquis ».

(1) Mahn, *Werke*, II, p. 30.

(2) Furnivall, *Unto my Lady*, pp. 71 et suivantes. Comparez à ce dernier vers, celui de Rambertino Buvalelli (Bertoni, *Trovatori d'Italia*, VI, p. 223) :

Eu sai la flor plus bella d'autra flor.

(3) P. Meyer, *Manuscrits français*, VII. Les qualités que tous ces poètes se plaisent par-dessus tout à louer chez leur dame, sont la courtoisie, la distinction, la largesse, l'intelligence, l'enjouement etc... Voici, par exemple, le portrait que Uc de la Bachélerie trace de son idole : « Tout ce qui est

De même, l'amante d'un autre poète anglais est « corail de bonté, rubis de droiture, cristal de pureté, bannière de beauté, lys de largesse, pervenche de prouesse, tournesol de douceur, et dame de loyauté »,

Heo is coral of godnesse,
Heo is rubie of ryhtfulnesse,
Heo is cristal of clannesse,
Ant baner of bealte ;
Heo is lilie of largesse
Heo is paruenke of prouesse,
Heo is solsecle of suetnesse,
Ant ledy of lealte (1),

comme celle de Peire Bremon était *de pretz sobeirana* (souveraine de mérite). Certes les expres-

---

dispersé chez les autres, — esprit et beauté, aimable discours et franc rire, distinction, savoir et jugement, — tout ce qui contribue au mérite véritable, je le vois en vous, dame noble et hors de pair » (Jean Audiau, *Troubadours et jongleurs du Bas-Limousin*) :

Quar tot quant es en las autras devis
— Sens e beutatz, genz parlars e francx ris,
Essenhamens, sabers e conoyssensa —
E tot aquo qu'a pretz veray s'asaya,
Vey qu'es en vos, bona dompn' e prezans.

Cf. également, Gui d'Ussel (édit. J. Audiau, p. 32 ; p. 34 ; pp. 41-42) et les vers suivants d'un poète anglo-normand (Paul Meyer, *Manuscrits français*, VII) :

Curtesie la meine,
Franchise al cuer dreit l'aseine,
Largesce sun cors i prent ;
Meint hom pur lui joie enprent,
Tant la trove sage e seyne...

(1) Bœddeker, *op. cit.*, W. L., X, pp. 169-170. Cf. Furnivall, *op. cit.*, p. 72, *Unto my Lady* :

Nowe, lady myn in whomē Vertus alle
Are joined and also comprehendide,
As ye of al women y call moste principall...

sions dont se sert ici l'écrivain d'Angleterre rappellent surtout les formules employées par les chanteurs occitans dans les œuvres qu'ils consacraient à la Vierge : « Vous êtes rose épanouie de toute bonté » :

De tot boneza
Etz roz'espandia ;

mais certains poètes méridionaux ont employé, pour louer leur dame, les procédés de la litanie. Arnaut de Mareuil, par exemple, salue en celle qu'il aime « la plus belle créature que la nature ait façonnée, meilleure que je ne puis ni ne sais dire, plus belle que beau jour de mai, soleil de mars, ombre d'été, rose de mai, pluie d'avril, fleur de beauté, miroir d'amour, clé de vrai mérite, écrin d'honneur, mains de présent, chef de jeunesse, cîme et racine de distinction, chambre de joie, lieu de galanterie... »,

... la genser criatura
Que anc formes el mon Natura,
Melhor que non posc dir ni sai,
Plus bela que bels jorns de Mai,
Solelhs de Mars, ombra d'estiu,
Roza de Mai, ploja d'Abriu,
Flors de beutat, miralhs d'amor,
Mas de do, capdels de joven,
Cima e razitz d'ensenhamen,
Cambra de joi, locs de domnei... (1).

(1) Bartsch, *Chrestomathie provençale*, col. 107, vers 19 sq. Un siècle plus tard, le poète Rostan Bérenguier de Marseille (P. Meyer, *Les derniers troubadours de la Provence*,

Aussi l'amour d'une telle dame est-il, en dépit de toutes les souffrances, considéré par tous les poètes comme une « bénédiction venue d'en haut ». « Oui, j'ai grande fortune trouvée ; du ciel, le sais, m'est envoyée », dit l'auteur d'*Alysoun* :

An hendy hap ichabbe yhent,
Ichot from heuene it is me sent (1).

« Il serait en droit d'estimer que le ciel tout

---

p. 502) nommait sa dame *rosa de cumdia* (rose de gentillesse), et un troubadour anonyme faisait en ces termes l'éloge du comte Gaston II de Foix (1315-43) dans son *Palaytz de Savieza* (poème dédicatoire *de l'Elucidari de las proprietatz de totas res naturals*) : « Sceptre d'honneur, couronne de noblesse, sûr castel, colonne de fermeté, fontaine de douceur et fleuve de franchise, ceinture d'amour, anneau de prouesse, chef de droiture, fleur de chevalerie, ami fidèle, miroir de courtoisie, saphir de mérite, cèdre de gaillardise, lys clair et pur, ténor de mélodie »,

Ceptre d'honor, corona de nobleza,
Castel segur, colompna de fermeza,
Font de dossor et fluvi de franqueza,
Cintel d'amor et anel de proeza,
De drech capdel, flor de cavaleria,
Amic fizel, miralh de cortezia,
Saphir de pretz, cedre de galhardia,
Liri glars netz, tenor de melodia.

(Bartsch, *Chrestomathie provençale*, col. 393).

(1) Bœddeker, *op. cit.*, W. L. II, p. 148. M. Chaytor (*The Troubadours and England*, p. 118) déclare que l'on ne trouve pas dans la poésie anglaise l'idée que « les souffrances de l'amour sont en réalité un bonheur suprême ». Ces deux vers d'*Alysoun* ne sont-ils pas, en quelque sorte, la preuve du contraire, surtout si on ne les sépare pas des vers qui les précèdent :

Ich libbe in loue longinge
For semlokest of alle thinge ;
An hendy hap ichabbe yhent.. ?

M. Chaytor prétend de même (*loc. cit.*) que la poésie anglaise n'a pas l'équivalent du provençal *joy* ; l'auteur

entier lui appartient, écrit un autre poète, celui qui, la nuit, serait son hôte »

Heuene y tolde al his
That o nyht were hire gest (1).

« Il pourrait dire que le Christ le regarde d'un œil favorable, lisons-nous ailleurs, celui qui pourrait, la nuit, être couché près d'elle ; car il aurait le paradis » :

He myhte sayen that Crist hym seye
That myhte nyhtes neh hyre leye,
Heuene he heuede here (2).

Parmi les troubadours, Peire Raimon de Toulouse et Bonifaci Calvo parlaient de même. « Si Amour, dit le premier, daignait me secourir au point que ma requête amoureuse plût à ma dame, il me semble que j'aurais une joie plus parfaite que le paradis » :

---

d'*Alysoun* me semble pourtant employer le mot *bliss*, avec le sens que donnaient à *joy* les troubadours :

He may me blisse bringe.

Ce mot est accouplé, dans une chanson pieuse du *Ms. Harley* (Bœddeker, *op. cit.*, G. L., VII, p. 196) au français *joie* :

My ioie & eke my blisse
On him is al ylong.

Je ne serais pas surpris que l'auteur de cette pièce, dont le début est calqué sur celui des chansons courtoises (Cf. *ci-dessus*, p. 41 note) ait appliqué à Dieu, comme les troubadours l'ont fait tant de fois, une des formules de la poésie amoureuse.

(1) Bœddeker, *op. cit.*, W. L. III, p. 150.

(2) Bœddeker, *op. cit.*, W. L., III, p. 158.

Que si me valgues Amors
Tan que m'entendensa
Mi dons abelhis,
Plus ric joy que Paradis
Agr'a ma parvensa (1).

Quant au second comme, « sans sa dame, le Paradis ne serait pas un séjour plein de charme », il « ne doute pas que Dieu ne l'ait auprès de lui » :

Car al mieu semblan non seria
Lo Paradis gen complitz de coindia
Senz leis ; per qu'eu non tem ni dupti ges
Que Dieus non l'aja ab se... (2).

Qu'ils soient anglais ou méridionaux, tous ces poètes, en effet, préfèrent aux plus grands honneurs, aux plus merveilleuses richesses, la possession d'un si noble dame : « Je ne veux ni l'empire de Rome, ni être mis sur le trône du Pape, si je ne dois retourner vers elle », dit le troubadour Arnaul Daniel :

No vuoill de Roma l'emperi
Ni com m'en fassa apostoli,
Qu'en lieis non aia revert (3).

(1) Edition Anglade, IX, p. 44. Cf. Peire Rogier (édit. Appel, p. 93) : « Je lui baise la bouche et les deux yeux ; alors m'envahit une ivresse paradisiaque »,

Et yeu li baisss la boq' e'ls huels amdos ;
Adoncx ne ve us joys de Paradis.

De même, le héros de *Flamenca* donnerait volontiers sa part de paradis en échange de celle qu'il aime (2e édition, v. 5056-6).

(2) Edition Pelaez, p. 337.

(3) Edition René Lavaud, p. 62.

Un écrivain d'Angleterre partage ce sentiment : « J'aimerais mieux conserver sa gracieuse personne qu'être pape et chevaucher dans Rome, raide sur un palefroi »,

Me were leuere kepe hire come
Then beon Pope & ryde in Rome,
Stythe vpon stede (1).

Aussi les voyons-nous tous implorer en faveur de leurs désirs, même les moins innocents, la protection divine : « Le jour, la nuit, en toute saison, en tout temps et à toute heure, mon seul désir est de gagner votre faveur, à laquelle plaise au Christ que je puisse atteindre ! »,

Daily, nyghtly, tyde, tyme and owre,
Hit is my will to purches youre fauoure
Whiche wilde to Crist I myght atteyn (2).

« Que Dieu, le maître du monde, disait aussi Bernard de Ventadour, me laisse, s'il lui plaît, jouir des faveurs de ma dame » :

Deus, que·l mon chapdela,
Si·lh platz, m'en lais jauzir (3).

(1) Bœddeker, *op. cit.*, W. L., V, p. 157. Bernard de Ventadour aime mieux posséder l'amour de son idole que la ville de Pise (édit. Appel, p. 261) ; Bertran de Born préfère sa dame à la fortune du roi de Palerme (édit. A. Thomas, p. 64); tandis qu'Elias Cairel, quand il est, en rêve, près de sa bien-aimée, se croit plus riche que le roi de Perse (édit. Jaeschke, p. 87). Cf. aussi Rambertino Buvallelli (*Trovatori d'Italia*, VIII, 25-26, p. 232).

(2) Furnivall, *op. cit.*, p. 71 : *Unto my Lady the Flower of Womanhood*, str. 2.

(3) Edition Appel, p. 146.

« Dieu qui embrasse le monde entier, écrivait-il ailleurs, lui mette au cœur l'idée de m'accueillir ! »

> Deus, que tot lo mon garanda,
> Li met' en cor que m'acolha (1).

C'est que la dame de leurs pensées — dont nous savons la perfection morale — est, en outre, d'une beauté merveilleuse. « Aussi resplendissante que les rayons du soleil » (1) ou qu'un beau

---

(1) *Ibid.*, p. 152.

(2) Bœddeker, *op. cit.*, W. L., V, p. 155 : « Comme les rayons du soleil, elle est resplendissante ; partout elle répand sa lumière »,

> Ase sonnebem hire bleo ys briht,
> In vche londe heo leometh liht.

Cf. *Ibid.*, v. 13 sq., et X, p. 169 : « Son visage est lumineux, comme une lanterne la nuit, tant sa couleur est resplendissante»,

> Hire lure lumes liht,
> Ase a launterne a nyht,
> Hire bleo blyketh so bryht !

On peut rapprocher de ces passages les deux vers suivants dont, par inadvertance, je n'ai pas noté l'origine : « Telle est votre beauté qu'elle éclaire la nuit sombre », .

> Tals es vostra beutatz
> Esclarzis nueg escura.

De même, Bernard de Ventadour (édit. Appel, p. 16) : « car sa beauté augmente l'éclat d'un beau jour et rend plus claire la nuit noire »,

> Car sa beutatz alugora
> Bel jorn e clarzis noih negra.

Peire Rogier (édit. Appel, p. 60) disait aussi de sa dame : « si fort resplendit sa beauté que par elle, la nuit devient un jour clair »,

> E sa beutaz resplan tan fort
> Nuegz n'esdeve jorns clars e gens...

Cf. aussi : Raimbaut de Vaqueiras (*Canzoniere A*, n° 472) ; *Flamenca* (2e édition, v. 3132, v. 5019, v. 7555-6, et surtout les vers 3136 et suivants : « Pour faire resplendir l'angle [dans lequel se trouvait Flamenca] il n'eût pas fallu d'autre soleil que celui qui provenait de son visage... » :

jour » (1), elle est « digne du plus grand roi » (2).

---

Ja no i convengra negun rai
D'autre soleil aqui venir
Per far ben l'angle resplandir,
Mais cel que de sa car. issira.

L'idée se retrouve encore dans l'une des pièces anglo-normandes publiées par P. Meyer (*Manuscrits français*, VII). Si belle est la chevelure bouclée de celle que chante le poète, que tout un manoir en resplendit :

Tant ad bele cheveluře,
Menue la recercelure,
Tut en resplent un manoir.

Un poète anglais (Boeddeker, *op. cit.*, p. 169) qui compare le visage de sa dame au cristal :

Hire loueliche chere as cristal,

fait songer aux deux vers de Raimbaut de Vaqueiras (Mahn, *Gedichte*, n° 774) : « il me semble que Dieu la fit de rubis et de cristal »,

De robins ab cristail
Me par que Dieus la fe.

(1) Bœddeker, *op. cit.*, W. L., XI, p. 172 : « elle est resplendissante comme la lumière du jour » :

Heo is briht so daies liht.

*Cf.* Arnaut de Mareuil (Raynouard, *Choix*, III, p. 205) :

Plus bela que bels jorns de May,

Rigaut de Barbezieux (éd. Anglade, p. 82), et Bœddeker, *op. cit.*, G. L., VI.

(2) P. Meyer, (*Manuscrits français*, VII) :

Ben fuist al plus grant reis,
Tant es noble juvencele.

Cf. Peire Vidal (édit. Anglade, p. 30) : « sa beauté et sa valeur sont tellement éclatantes qu'un roi s'honorerait en l'aimant »,

Quar sa beutatz e sa valors pareis
Qu'en leis amar fora honratz us reis.

De même, VI, p. 14 : « la beauté parfaite vous façonne pour porter la couronne sur le trône impérial. Vous êtes si douce et si humaine que tout le monde vous régarde comme une souveraine de joie et de perfection, de valeur et d'honneur » :

Fina beutatz vos faissona
Ad ops de portar corona
Sus en l'emperial banca.
E quar etz douss' et humana,
Teno us tuit per sobeirana
De joi e de benestansa
E de valor e d'onransa.

On en jugera par le portrait que les uns et les autres font de leur idéal commun de beauté féminine. Leurs dames ont la peau blanche et colorée, des yeux clairs et rieurs, le nez bien fait, le corps mince et élancé, les épaules bien pleines, la poitrine ferme et légèrement arrondie. « Sa chair est blanche plus que le lys, son corps aimable et avenant », dit l'un des poètes d'Angleterre :

La char blanche plus que le lys,
Le cors gent et avenant (1).

Celle que j'aime, écrit un autre, « a les yeux vairs, pas volages, aussi vifs que possible, le nez joli, avenant et droit, la bouche grande sans excès, le menton petit comme sur miniature, le cou long et le corps mince... Si les fleurs de l'aubépine étaient unies aux roses, elles ne feraient couleur plus fine que n'a ma dame au clair visage. Ses épaules sont bien faites, sa poitrine bien formée ; sa chair est plus blanche que le cygne ; sur toutes femmes elle emporte le prix »:

Les euz veirs, nun pas volage,
Remuanz a bel espleit,
Beau neys avenant et dreit,

---

*Cf.* également Bernard de Ventadour (éd. Appel, p. 87) ; le poète vante le charme de sa dame dont l'amour ne déshonorerait point le roi :

En cui lo reis seria saus

(1) P. Meyer, *Manuscrits français*, III.

Meine buche sanz utrage,
Mentun petit cum d'ymage,
Lung le col, le quir estreit...
Si les flurs de l'albespine
Fuissent a roses assis,
N'en feront colur plus fine
Ke n'ad ma dame au cler vis ;
Les espaules ben assis,
Poy le ney e la peitrine,
La char blanche plus ke cygne,
Partut en porte le pris (1).

De même, l'auteur de *Johon*, après avoir donné à sa dame, suivant une habitude assez répandue chez les troubadours, le nom de toutes sortes de pierres précieuses (2), voire d'oiseaux, prétend que « sa rougeur est pareille à celle de la rose sur la branche et qu'elle a l'aimable couleur du lys » :

Hire rode is ase rose that red is on rys,
With lilye white leres lossum he is (3).

On pourrait encore citer bien des portraits du

(1) *Ibid.*, VII Cf. *Alysoun* (Bœddeker, op. cit., W. L., II, p. 148) : « sa gorge est plus blanche que le cygne ».
Hire swyre is whittore then the swon.

(2) Beaucoup de troubadours ont, pour désigner leur dame pris comme *senhals* (pseudonymes) des noms de gemmes : *Aimans, Azimans* et *Diamans, Amatisti* (Améthyste), *Maracdes* (émeraude), *Bericles* (béryl), *Carboncles* (escarboucle). Cf. Bergert, *Die von den Trobadors genannten oder gefeierten Damen*, Halle 1913. Dans *Le Palaytz de Savieza*, l'auteur nomme le comte Gaston de Foix *Saphir de pretz*, « saphir de mérite » (Bartsch, *Chrest.* prov., col. 393, v. 32).

(3) Bœddeker, *op. cit.*, W. L., I, p. 145. Cf. Peire Vidal

même genre ; celui de *La Belle de Ribbesdale*, dont « le menton est bien fait, dont les joues sont à la fois blanches et colorées comme la rose lorsqu'elle rougit, et dont les seins, sous l'étoffe qui les recouvre, sont comme deux pommes de paradis » :

Hire chyn ys chosen, & eyther cheke
Whit ynoh & rode on eke
Ase rose when hit redes ;
Hyre tyttes aren an vnder bis
As apples tuo of parays (1).

Et cet autre que trace d'une belle dame qui lui est apparue, l'un des personnages du *Parlement d'Amour* : « grande, élancée, la taille fine, le visage bien coloré, sans pâleur, avec juste ce qu'il y faut de blanc et de rouge » :

Her sydes longe with mydyll smale,
Her face well coulord and not pale,
With white and rode ryth well mesuryd (2).

---

(édit. Anglade, p. 5) : « Noble dame, votre blancheur ressemble à la neige des montagnes, et votre teint à la rose » ;

Bona domna, neus de port
Sembla la vostra blancors,
E par de roza·l colors.

Cf. aussi Bœddeker, *op. cit.*, p. 150, où le poète loue la beauté de sa dame, « blanche comme lys, rose comme rose sur la branche »,

Lylie-whyt hue is,
Hire rode so rose on rys.

(1) Bœddeker, *op. cit.*, W. L., V, p. 156.

(2) Furnivall, *op. cit.*, p. 77. C'est en des termes presque identiques que l'auteur de *Flamenca* nous parle du teint de son héros, Guillaume de Nevers (v. 1591-95) :

La cara plena e colorada...
Lai on si tain mesclada ab blanc...

Est-il nécessaire de souligner la ressemblance qui existe entre les citations que nous avons faites et certains passages bien connus des poètes occitans ? « Je ne me lasserai point d'admirer, écrivait Arnaut de Mareuil à sa dame, votre corps aimable et gai, votre belle chevelure blonde, votre front plus blanc que lys, vos yeux vairs et riants, votre nez droit et bien séant, votre visage aux couleurs fraîches, plus blanc et plus vermeil que la fleur, votre petite bouche, vos belles dents, plus blanches que l'argent pur, votre menton, votre gorge, votre poitrine, plus blanche que neige et que fleur d'aubépine » :

Vostre gen cors cuendet et gay,
La vostra bella saura cris,
E'l vostre fron plus blanc que lis,
Los vostres huels vairs et rizens,
E'l naz qu'es dreitz e be sezens,
La fassa fresca de colors,
Petita boca, belas dens
Pus blancas qu'esmeratz argens,
Mento e gola e peitrina
Blanca, cum neus e flors d'espina (1).

(1) Raynouard, *Choix*, II, p. 102. La dame de Folquet de Romans ressemble beaucoup, elle aussi, à celle du trouvère anglo-normand, si l'on en juge par les déclarations de son poète : « Quand je vois votre gorge et votre visage, plus blancs que la neige sous la glace, et votre menton bien tourné, je crois être en paradis. Quand je vois votre bouche vermeille — Dieu n'a point fait la pareille pour donner des baisers, pour rire gracieusement et pour rendre les gens amoureux — je suis alors tellement enamouré que je ne sais ni ce que je dis ni ce que je fais. Quand je vois vos belles dents plus blanches que l'argent fin, et votre couleur naturelle — que Dieu fit sans égale — l'amour m'étreint si fort que, si l'on me parle, je ne réponds pas. Quand je vois votre joli nez

Peire Vidal disait également : « Par sa couleur, elle ressemble à la rose de Pâques et par sa blancheur elle fait songer au lys » :

Roza de pascor

---

mince et droit, vos cils fins et menus, et vos beaux yeux, qui rient dans votre visage, de joie je fais en mon cœur grande fête ; et quand je vois votre front bel et blanc — il n'en est point de semblable ! — et vos jolis cheveux blonds plus étincelants que l'or fin, je suis tellement éperdu, tellement pensif que je ne sais si je suis mort ou vif ! » (edition Zenker, XIII, v 75-102, pp. 74-75) :

... Quan vei la gul'e la fassa,
Plus blancha que neus sobre glassa,
E vei lo menton ben assis,
Ben cug esser en paradis ;
E quan vei la bocca vermelha,
Qu'anc Deus non sap far sa parelha
Per baisar ni per rire gen
Ni per enamorar la gen,
Adonc soi eu enamoraz
Que non sai que dic ni que faz ;
E quan vei vostras bellas denz,
Plus blanchas que n'es fins argenz,
E vostra color natural
Que Deus fèz que no i a ren al,
Aissi soi d'amor entrepres
Que, qui'm sona, no'll respon ges.
Quan vei vostre bel nas traitiz
E'ls cils, ginhosez e petiz,
E'ls bels olhs, rienz en la testa,
De joi faz dinz mon cor gran festa ;
E quan vei lo fron bel e blanc,
Tal que son parelh non vi anc,
E vei los cabelhz genz e sors
Qui reluison plus que fins ors,
Si soi esperduz e pensis
Que non sai si soi morz o vis.

Cf. du même troubadour la strophe II de la pièce IV (édit. Zenker), et, pour la comparaison entre la blancheur de la dame et la neige, Bernard de Ventadour (édition Appel, VIII, v. 39-40, p. 53) : « Quand elle est nue, la neige à côté d'elle, paraît brune et sombre » :

Que la neus, can ilh es nuda,
Par vas lei brun' et escura.

Sembla de la color
E lis de la blancor (1) ;

et, dans un autre passage, il vantait « la poitrine blanche et les seins fermes » de sa dame :

Blanc peitz ab dura mamela (2).

***

En face de ces belles et nobles dames, écrivains d'Angleterre et poètes du Midi ont la même attitude. Le sentiment de leur humilité les emplit de confusion et les belles paroles qu'ils voudraient dire restent dans l'ombre de leur cœur. Comme Bernard de Ventadour tremblait de peur devant sa dame, « ainsi qu'une feuille sous le vent »,

---

(1) Edition Anglade, XXXVIII, p. 121. Le même poète disait de sa dame, dans une autre chanson (édit. Anglade, VIII, p. 21). qu' « elle surpasse en beauté les plus gentes, plus que rose les autres fleurs »,

Que bel' es sobre las gensors
Plus que roza sobr' autras flors.

Cf. également Cercamon (édit. Jeanroy ,p. 28) :

Bell' e blanca plus c'us hermis,
Plus fresca que rosa ne lis.

De même, Bernard de Ventadour (édit. Appel, XL, p. 227, etc. Les troubadours comparaient d'ailleurs si spontanément — si mécaniquement, pourrait-on dire — la couleur d'un teint à celle d'une rose que, même pour dépeindre un homme, la comparaison se présentait à leur esprit. Cf. *Flamenca* (Paul Meyer, 2 édit., v. 1592-94) :

Rosa de Mai, lo jorn qu'es nada,
Non es tan bella ni tan clara
Con fon li colors de sa cara.

(2) Edition Anglade, XVI, p. 48.

Car aissi tremble de paor
Com fa la folha contra'l ven (1),

comme Gui d'Ussel se lamentait de « se troubler plus sont affables les réponses » de sa bien-aimée, et de « chercher des prétextes par timidité, « comme s'il était venu pour autre chose »,

Et ieu m'espert on plus m'a franc respos,
E, de paor, vau queren ochaizos,
Com s'ieu era vengutz per autr'afar (2),

nous voyons un poète anglo-normand s'étonner de ne plus trouver ses mots, en présence de sa dame, et s'irriter de cet embarras :

Ne puis savoir ke me deit
Quant ne chevis mun message,
Mès jo en ai la vive rage
Tant sui mis en fort destreit (3).

---

(1) Edition Appel, XXXI, p. 190; Cf. XVII, p. 100 et I, 13, p. 3.

(2) Edition Jean Audiau, VI, p. 47. La même idée se retrouve chez Arnaut de Tintignac (Jean Audiau, *Troub. et jongleurs du Bas-Limousin*). Cf. encore : Aimeric de Peguilhan (Mahn, *Gedichte*, I, nº 518) ; Cadenet (édit. Appel, p. 20). Arnaut Daniel (édition Lavaud, XV, p. 92); Guiraut d'Espanha (édit. Hoby, I, 29-31, p. 6) ; Guillaume de Poitiers (édit. Jeanroy, IX. p. 24) ; Aimeric de Sarlat (édit. Lavaud, IV, 20-21, p. 5) ; Folquet de Marseille (édit. Stroński, VIII, 24-25, p. 41) ; Elias de Barjols (édit. Stronski, VII, str. III, p. 17) ; Pistoleta (édit. Niestroy, I, 23, p. 31) ; Peire Vidal (édit. Anglade, p. 131) ; Giraut de Salignac (édit. Lavaud, V, 38-40, p. 9 et édit. Strempel, III; 38-40, p. 63) ; Guiraut Riquier (édit. Pfaff, v. 11-15, p. 52) ; Jaulcem Faidit (Appel, *Prov. Chrest.*, XXVII, v. 17-18, p. 69) ; Cercamon (édit. Jeanroy, I, 15-16, p. 2) ; Jordan Bonel de Confolens (*Parnasse Occitanien*, p. 203), etc...

(3) P. Meyer, *Manuscrits français*, VII ; *ibid.*, II, v. 49 :

Pus ke n'os ad vus parler.

De même, ainsi que le suggère M. Chaytor (*The Troubadours and England*, p. 112), Boeddeker, *op. cit.*, W. L., VII, p. 162 :

Dès qu'il se trouve en face de son idole, le poète, troublé, perd le sens et le savoir :

> Mès jo, cheitif sanz mesure,
> Ai perdu sens e savoir (1).

lit-on dans une chanson anglo-normande, et l'on ne peut s'empêcher de rapprocher de ce passage les vers suivants du troubadour Cercamon : « quand je suis en sa compagnie, je suis tellement ébahi que je n'ose lui avouer mon désir, et, quand je m'en vais, il me semble que je perds entièrement le sens et le savoir »,

> Quan suy ab lieys si m'esbahis
> Qu'ieu no·ill sai dire mon talan,
> E quan m'en vauc, vejaire m'es
> Que tot perda·l sen e·l saber (2),

ou ceux de Bernard de Ventadour : « Je suis moins sensé qu'un enfant, tant je suis saisi d'amour »,

> Non ai de sen per un efan,
> Aissi sui d'amor entrepres (3).

---

« Il n'est point, en enfer de flamme plus ardente que celle dont brûle celui *qui aime en secret et n'ose dire son mal* »,

> Nys no fur so hot in helle
> Al to mon
> That loueth derne ant darnout telle
> Whet him ys on.

Pour cette comparaison des souffrances d'amour avec un feu dévorant, cf. Guilhem de Cabestanh (éd. Langfors, III, 33-34, p. 22)

(1) P. Meyer, *Manuscrits français*, VII, v. 59-60.

(2) Edition Jeanroy, p. 2.

(3) Edition Appel, p. 190.

Il semble, en effet, que les nobles dames du temps n'étaient pas toutes disposées à prendre pour ami un humble ménestrel. Fières de leur condition, de leur fortune, de leur *parage*, elles répondaient parfois avec colère (1), souvent avec ironie, aux déclarations du galant poète. Bernard de Ventadour en fait timidement le reproche à sa bien-aimée : « Lorsque je vous demande quelque chose, vous ne faites que railler et rire »,

Non fatz mas gabar e rire,
Domna, can re'us deman (2).

---

(1) « Je crains, dit Pistoleta (édit. Niestroy, p. 6), si je demande à ma dame son amour, qu'elle me fasse une réponse déplaisante, qu'elle considère son mérite et son rang et me dise que jamais elle ne m'aimera »,

Eu tem que se'ill deman s'amor
Que'm responda so que mal me sabra,
E que s'albir son pretz e sa ricor
E que diga que ja no m'amara.

Il rapporte, dans une autre pièce (*ibid.*, p. 43) que, furieuse de l'aveu qu'il osait lui faire, une dame, pour un peu, lui aurait arraché les yeux :

Et a pauc no'm trais l'uoill
Qant li dis per solaz :
« Donna, ie'us am, so sapchaz... »

Cf. Peire Vidal (éd. Anglade, p. 63, vers 34 sq.)

(2) Edition Appel, p. 25. Cf. Pistoleta (édit. Neistroy, p. 35) : « Je souffre qu'elle ne daigne ni m'entendre ni laisser paraître que ma cour lui est agréable. Elle en rit, au contraire, doucement »,

Grieu m'es car no'm degna
Auzir ni far parven
Que mos precs en grat pregna
Anz s'en ri dolzamen.

M. Niestroy (*op. cit.*, p. 38) rapproche de ce passage les

C'est la même plainte que fait entendre un trouvère anglo-normand : « A mon égard toujours hostile, elle me répond par des railleries »,

Ver moi tut tens revele,
Si me respunt en gabeis (1).

Pour s'épargner reproches ou moqueries, les poètes méridionaux donnaient à leurs aveux la forme d'une chanson, car la dame, croyant y trouver l'expression de sentiments purement conventionnels, n'avait plus, dès lors, aucune raison de se fâcher.

« Puisque je n'ose, écrit Arnaut de Mareuil, vous dire en secret mon amour, je vous adresserai, si je l'ose, mes prières en mes chansons »,

E pos mon cor no·us aus dir a rescos,
Pregar vos ai, s'eu aus, en mas cansos (2).

« Je n'ose, dit Pistoleta, lui avouer mon désir, sinon sous forme de jeu — comme les autres — en chantant »,

Ieu non l'aus descubrir mon talan,
Mas per solatz, cum l'autre, en chantan (3).

---

vers suivants de Guillem Augier Novella (édit. Müller, VI), in *Zeitschrift für romanische Philologie*, XXIII, p. 68 :

Quan la prec, de mi
Ri.

« Quand je la courtise, elle rit de moi ». Cf. Raimbaut de Vaqueiras (Mahn, *Gedichte*, I, n° 55 :

Votre beill huoill galiador
Rizon de so don eu sospir e plor.

(1) P. Meyer, *Manuscrits français*, VII.
(2) Mahn, *Werke*, I, p. 150.
(3) Edition Niestroy, p. 31. Cf. Cadenet (éd. Appel, p. 20).

Bertran d'Alamanon écrivait de même : « Puisque je n'ose lui dire qu'elle me tue à force de me tourmenter, en chantant je lui dirai mon infortune »,

Qu'eu non l'aus dir com m'auci ab turmenz,
Per q'il dirai chantan ma malananza (1).

Et voici qu'un poète anglo-normand nous fait la même confidence :

Du celer faz grant mesprise ;
En chantant, ma vérité
Faz saver a sa franchise (2).

***

C'est également chez les troubadours qu'il faut, me semble-t-il, chercher l'origine d'un certain nombre d'images.

Quand le poète anglo-normand dit : « Il en va de mon cœur comme d'une torche allumée » :

Tot ensi va de mun cor
Cum d'une torche eslumée (3),

peut-être s'inspire-t-il de la comparaison célèbre de Peire Raimon de Toulouse :

Atressi cum la candela
Que se meteissa destrui (4),

---

(1) Edition Salverda de Grave, p. 131. Cf. Arnaut de Mareuil, *Werke*, I, p. 161.

(2) P. Meyer, *Manuscrits français*, II.

(3) *Ibid.*, III.

(4) Peire Raimon de Toulouse, édition Anglade, IV, p. 25 : « Comme la chandelle qui se détruit elle-même ».

Peut-être les deux vers du moine de Montaudon : « Dame, je vous suivrais tout le temps, comme le tournesol suit toujours le soleil » :

> Totz temps, dompna, vos anera seguen
> Co·l girasol que·l soleill sec ades (1),

ont-ils de même servi de modèle à l'auteur d'une chanson du *Ms. Harley* :

> That syht upon that semly, to blis he is broht :
> He is solsecle, to sanne is forsoht (2).

Par contre, la ressemblance peut être purement fortuite entre ces vers :

> L'unicorn, quand veit dormir,
> Se baudone a la pucelle ;
> Ne prent garde de morir (3)...

« la licorne, quand elle veut dormir, s'abandonne à la pucelle : elle ne prend garde de mourir », et le passage suivant d'un bestiaire en langue d'Oc : « La licorne est la plus sauvage bête qui soit, tant que personne n'ose l'attendre.... ; quand les chasseurs veulent la prendre, ils placent une pucelle sur son passage, et, dès qu'elle l'aperçoit, la licorne s'endort entre ses genoux ; alors on la

(1) Moine de Montaudon (éd. Philippson, I, 71-72 ; éd. Klein, XI, 71-72).

(2) Bœddeker, *op. cit.*, p. 143. Rapprochement suggéré par M. Chaytor, *The Troubadours and England*, p. 109.

(3) P. Meyer, *Manuscrits français*, II.

capture » (1). C'est, par cette comparaison que débutent, il est vrai, deux chansons, l'une de Thibaut de Champagne, l'autre dont les *Leys d'Amors* (III, 286) nous ont conservé seulement le premier vers, *En ayssi cum l'unicorns*. Or, cette dernière pourrait être, non pas seulement une traduction de la chanson de Thibaut, mais une œuvre originale de Rigaut de Barbezieux ; « car, dit M. Anglade, elle est citée sous une forme provençale un peu différente du début de la chanson française... Rigaut de Barbezieux séjourna à la cour de Champagne vers la fin du XII<sup>e</sup> siècle ; il se pourrait donc bien que, parmi les pièces perdues de ce troubadour, il s'en trouvât une commençant par une comparaison avec la licorne et que Thibaut lui en eût emprunté au moins le début (2). »

(1) « Hunicorn es la plus salvatia bestia que sia que non es res que l'auzes esperar... Cant los cassados lo volo penre, els li meton el pas una pieussela e can la ve s'adorm' e sa faud ; et adoncx es pres. » Appel, *Provenzalische Chrestomathie*, n° 125, p. 202, l. 50-54.

(2) *Annales du Midi*, tome XXIX, p. 270. La ressemblance peut être également fortuite entre l'idée exprimée dans ces vers anglais (Bœddeker, *op. cit.*, p. 163) :

Ich wolde ich were a threstelcok,
A bounting other a lauerok.
Swete bryd,
Bituene hire curtel ant hire smock
Y wolde ben hyd.

« Je voudrais être grive, bruant ou alouette ! Douce pucelle, entre sa robe et son chainse je me cacherais », et la pensée de Bernard de Ventadour (édition Appel, XLIV, p. 262) : « Ah Dieu ! que ne suis-je hirondelle pour voler à travers l'espace, et venir dans la nuit profonde en sa demeure ! »

Ai Deus ! car no sui ironda
Que voles per l'aire,
E vengues de noih prionda
Lai dins so repaire !

Enfin, l'influence de la littérature occitane sur la poésie anglaise de cette époque se manifeste encore par l'emploi de recherches d'expression dont les troubadours ont souvent abusé.

Les écrivains anglo-normands se plaisent eux aussi à ramener des images d'un ton affecté : « *Souveraine de toute la terre*, délivre-moi de mes *chaînes* », écrit l'un d'eux.

Leuedy of alle londe,
Les me ont of bonde (1).

tandis que d'autres se plaignent d'avoir été *tués* ou simplement *blessés par les yeux de leur dame* et font appel à son aide ; car aucun *médecin*, si ce n'est elle, ne peut *guérir leur plaie cruelle :*

De vos beals euz m'avez mors (2).
Hire heye haueth wounded me ywisse...
A suete cos of thy mouth myht be my leche (3).
Ja sanz vus n'avray mescine (4).

Ce sont là métaphores fréquemment employées par les poètes de langue d'Oc : « Avec une douce chaîne elle m'attache et me retient », dit Peirol :

Ab suau cadena
Mi destrenh e'm lia.

---

(1) Bœddeker, *Altenglische Dichtungen*, W. L., III, p. 149.

(2) P. Meyer, *Les Manuscrits français de Cambridge*, II (*Romania*, 1886).

(3) Bœddeker, *op. cit.*, W. L. VII, p. 162, et W. L. XII, p. 174. Cf. Paul Meyer, *Mélanges*, IV, p. 374 sq., v. 36.

(4) P. Meyer, *Manuscrits français* (II, v. 24). Cf. *Romania*, IV, p. 374.

et l'on pourrait multiplier les citations de pièces dans lesquelles Raimbaut d'Orange, Bernard de Ventadour, et bien d'autres, parlent des *chaînes* et des *prisons* de l'amour (1).

On trouve de même chez les écrivains méridionaux des allusions fréquentes aux blessures que font les regards de l'aimée. « Avec ses yeux, dit Jaucelm Faidit, *elle m'a fait courtoise plaie* » :

Et ab sos huelhs m'a fait cortesa playa (2).

« Ah ! *Comme vous m'avez tué, vous et vos beaux yeux* en me frappant doucement d'un regard », s'écrie Aimeric de Péguilhan :

A ! Cum m'an mort vostre beill huoill e vos
Ab un esgart que· m feiron doussamen (2).

Peire Raimon de Toulouse n'est pas moins prodigue de ces subtilités ; on lit en effet dans l'une de ses pièces : « Elle *blessa* mon cœur d'un regard amoureux » :

Nafret mon cor d'un esgart amoros (3).

---

(1) Bernard de Ventadour (édition Appel, II, 12, p. 11) :
Deu lau, fors sui de *chadena*.
*Ibid.*, XXXI, 22, p. 189 :
E las *charcers* ont ylh m'a mes...
*Cf.* encore, *ibid.*, III, 42 ; IX, 18 ; XX, 45 ; XXII, 51. Raimbaut d'Orange (Mahn, *Werke*, I, 80) ; Peire Vidal (édition Anglade, p. 108) ; Folquet de Romans (édition Zenker, p. 74, vers 60 et 66) ; Bertran d'Alamanon (édit. Salverda de Grave, XXI, 12, p. 39) ; Guilhem Figueira (édit. Levy, *Appendice*, II, 27, p. 64) ; Jausbert de Puycibot (édit. Shepard, IX, 13, p. 29) ; X, 1, p. 31) ; Elias de Barjols (édit. Stronski, XIII, 27, p. 33) ; etc...

(2) Raynouard, *Lexique Roman*, I, 372.

(3) Edition Anglade, XVI, p. 65.

Et c'est encore dans une des chansons de ce troubadour qu'on trouve cette métaphore hardie : « Je sais bien quel est le *médecin* qui seul peut me sauver ; mais à quoi cela me sert-il, si je n'ose lui montrer ma *plaie mortelle ?* »

Lo metge sai ben qui es,
Que'm pot sols salut donar,
Mas que'm val, s'ieu demostrar
Ja no l'aus ma mortal playa ? (1).

Enfin, lorsqu'un poète anglais nous dit qu'il est « *l'ami* de sa dame et qu'elle est son *ennemie* »,

Ycham hire frend, and heo my fo (2),

peut-on ne point songer aux passages dans lesquels les troubadours Guilhem de Saint-Didier (3), Raimbaut d'Orange (4), Peire Vidal (5) et Sor-

---

(1) Ed. Anglade, p. 19. La comparaison de la dame avec un médecin revient très souvent dans la poésie des troubadours. Cf. notamment les vers 42 et 47 de l'épître de Folquet de Romans (édit. Zenker, p. 73). Voyez aussi *Flamenca* (v. 169 et suivants) où l'héroïne du roman est comparée, non plus à un *médecin*, mais à un remède, une *médecine*, capable de guérir l'amoureux le plus tourmenté.

(2) Bœddeker, *op. cit.*, p. 163.

(3) Le nom provençal est San-Leydier. Mahn, *Werke*, II, p. 140 :

Pus er l'am tan que m'es mal' *enemia*..

(4) *Ibid.*, p. 68 : « Que ferai-je donc ? J'aimerai mon ennemie »,

Que farai doncx ? Amarai m'*enemia*..

(5) Edit. Anglade, p. 27 : « Avec de belles mines elle m'a

del (1), pour n'en pas citer d'autres, appliquent à leur dame cette étrange épithète ?

---

blessé ma cruelle ennemie »,

Ab bel semblan m'a nafrat
Ma mal' enemia..

(1) Edit. de Lollis, p. 182 : « Que Merci m'aide auprès de vous, douce ennemie »,

Vailla·m ab vos merce, dolz'*enemia*..

On remarquera, au passage l'antithèse *dolz enemia*. Le qualificatif *guerreira* est aussi fréquemment employé par les troubadours avec le même sens qu'*enemia*. Cf. Giraut de Bornelh (éd. Kolsen, p. 180), Raimbaut de Vaqueiras (Mahn, *Werke*, I, 371) ; Peire Vidal (éd. Anglade, p. 37) ; Guiraut Riquier (Jean Audiau, *La Pastourelle*, p. 74). Le verbe *guerrejar* fournirait aussi de nombreux exemples : Rambertino Buvalelli (Bertoni, *Trovatori d'Italia*, VII, p. 227) ; Guilhem de Saint-Didier (Mahn, *Wercke*, II, p. 140) ; Bernard de Ventadour (édit. Appel, VI-32, p. 42 ; XXIX-19, p. 174), etc...

## CHAPITRE III

# Chaucer et Gower, imitateurs des Troubadours

La tâche devient plus délicate lorsqu'il s'agit de distinguer dans l'œuvre d'écrivains tels que Geoffrey Chaucer et John Gower, ce qu'ils ont « trouvé » personnellement de ce qui paraît être, au contraire, une imitation des poètes méridionaux (1). De même en effet que Conon de Béthune, le châtelain de Couci, Dante ou Pétrarque (2), s'inspirant de la doctrine amoureuse des troubadours, donnaient à de vieilles idées une apparence originale, et faisaient ainsi parfois oublier leurs modèles, ni Chaucer ni Gower ne sont

(1) Le plus souvent, dans l'œuvre de Chaucer et de Gower, l'imitation des troubadours paraît être indirecte, et provenir soit des trouvères, soit des premiers poètes anglais de l'amour, soit de Pétrarque ou des auteurs italiens du Trecento ; mais que dire quand Gower, par exemple, calque son modèle plus exactement que ne l'a fait l'intermédiaire ? Gower n'a-t-il pas eu entre les mains, comme Pétrarque, un chansonnier des troubadours ?

(2) Cf. A. Jeanroy, *De nostratibus medii ævi poetis qui primum lyrica Aquitaniæ carmina imitati sint*, Paris, 1889 ; *Dante et les Troubadours*, Paris, 1921 ; S. Santangelo, *Dante e i trovatori provenzali*, Catane, 1921 ; N. Scarano, *Fonti provenzali e italiane della lirica Petrarchesca*, Turin, 1900 (*Studj di filol. rom.* VIII).

les esclaves de ceux qu'ils imitent : sous leur plume, les lieux communs de la littérature occitane donnent souvent l'illusion de la nouveauté (1).

Chaucer, chez lequel « la jovialité vivait toujours à petite distance de la tendresse » (2), n'a sacrifié que très rarement à la poésie amoureuse (3) ; et les quelques rondeaux, ballades ou complaintes qu'il a composés dans son jeune âge, sont, avant tout, un exercice de style.

L'une de ces œuvres de jeunesse, *Merciles Beaute*, développe, dans le premier « rondel », un lieu commun de la lyrique provençale sur lequel j'ai déjà longuement insisté au chapitre précédent : le poète, blessé par les yeux de sa dame, mourra si la cruelle ne pense à le guérir :

*Youre two eyn will sle me* sodenly
I may the beaute of them not sustene,
So wendeth it thorowout my herte kene.

(1) M. Anglade cite dans son *Histoire sommaire de la littérature méridionale au Moyen âge*, p. 130, l'opinion suivante de Cambouliu (*Essai sur l'Histoire de la littérature catalane*, 2e éd., Paris, 1858, p. 57) : « En Angleterre, le poète Chaucer se pique de rajeunir les vieux modèles provençaux. » Mr. F. J. Snell (*The age of Chaucer*, p. 106) déclare que, dans l'œuvre de Gower, « bien des traits rappellent Pétrarque, dont les maîtres, les troubadours, ont dû exercer une grande influence, directe ou indirecte, sur son contemporain. »

(2) Emile Legouis, *Chaucer*, p. 109.

(3) Les critiques contestent que certains poèmes, généralement attribués à Chaucer, soient vraiment de lui ; mais ils sont d'accord pour admettre qu'il est l'auteur du triple rondel *Merciles Beaute*, de *Amorous Compleint*, de *Compleint to his Lady*, de *Ballade of Compleynt* et de *Compleynte unto Pite*. Toutes ces œuvres ont été probablement écrites entre 1366 et 1370 ; Chaucer avait donc de 26 à 30 ans environ.

And but your words will *helen* hastely
My *hertis wound*, while that it is grene,
Youre two eyn will sle me sodenly.

Upon my trouth I sey yow feithfully,
That ye ben of my liffe and deth the quene,
For with my deth the trouthe shall be sene,
Youre two eyn will sle me sodenly (1).

On reconnaît sans peine dans le refrain de ce morceau une idée commune à plusieurs troubadours : « Avec ses yeux, elle m'a fait courtoise plaie »,

Et ab sos huels m'a fait cortesa playa,

lisons-nous chez Jaucelm Faidit ; et Peire Vidal ne reste-pas insensible à cette préciosité de langage : « Un regard m'a frappé dont jamais je n'ai guéri »,

Qu'us esgart me feric
Don anc pois no'm garic (2),

---

(1) Skeat, *Complete works of Chaucer*, p. 121. M. Legouis donne de ce « Rondel sur une Beauté sans Mercy » la traduction suivante dans son étude sur *Chaucer* (Paris, Bloud, 1910) :

Las ! vos deux yeux ne feront tôt mourir,
Je ne puis pas soutenir leur beauté ;
Dont s'est le dard dans mon cœur implanté.

Si votre choix ne vient vite guérir
Ma plaie avant qu'elle m'ait infecté,
Las ! vos deux yeux me feront tôt mourir.

Je dis qu'avez pour guérir ou meurtir
Dessus ma vie entière royauté
Dont par ma mort verrez la vérité, etc...

Dans un autre poème (*Compleint to his Lady*, éd. Skeat, p. 111) ; Chaucer déclare encore qu'il est *tué* par le *trait* enflammé de l'amour :

Thus am I slayn with loves fyry dart.

(2) Peire Vidal, édition Anglade, XXXVIII, p. 121.

écrit-il, tandis que Peire Raimon de Toulouse déclare : « Elle a *blessé* mon cœur *d'un regard* amoureux »,

Nafret mon cor d'un esgart amoros (1).

et qu'Aimeric de Péguilhan se plaint d'avoir été *tué par les beaux yeux* de sa dame :

A ! Cum m'an mort vostre beill huoill (2).

Quant à la métaphore du premier couplet, j'ai montré dans le chapitre précédent l'abus qu'en ont fait les poètes d'occitanie. Je me bornerai donc à rappeler, en passant, ces quelques vers de Peire Raimon de Toulouse :

Lo *metge* sai ben qui es,
Que'm pot sols salut donar,
Mas que'm val s'ieu demostrar
Ja no l'aus ma mortal *playa* (3).

A vrai dire, on découvre, à lire les œuvres de Chaucer, plus de ressemblances que l'on n'espérait en trouver sur la foi des critiques.

Comme les troubadours, le poète anglais s'est donné corps et âme à celle qu'il aime : « Mon cœur, en ma poitrine accablée *vous craint et vous aime si douloureusement*, dit-il, *que vous*

(1) Edit. Anglade, XVI, p. 65. Cf. le chapitre précédent, p. 82-84.

(2) Raynouard, *Lexique Roman*, I, 372.

(3) Edit. Anglade, II, p. 19. Cf. Chaucer (éd. Skeat, 116, v. 244).

*êtes vraiment maîtresse de mon esprit et que je ne suis rien* » :

The herte in-with my sorowful brest yow dredeth,
And loveth so sore, that ye ben verrayly
The maistresse of my wit, and nothing I (1).

Qu'on se rappelle les vers de Bernard de Ventadour : « Il n'est rien que *j'aime* et *craigne* plus que ma dame... *Je ne m'appartiens plus, je suis tout en son pouvoir... J'ai mis à l'aimer* mon cœur et mon corps, *mon savoir et mon esprit*, ma force et mon pouvoir »,

Re mais non am ni sai temer... (2)

Meus no sui et ilh m'a en poder (3)...

Cor e cors e saber e sen
E fors' e poder i ai mes (4).

Tourmenté d'amour pour une dame aussi parfaite qu'impitoyable (5), Chaucer ne peut dormir

---

(1) *Prologue of the Legend of Good Women*, v. 86-88, p. 351.

(2) Edition Appel, p. 87. Cf. *ibid.*, p. 221 : *Tan la dopte e la reblan.*

(3) *Ibid.*, p. 244, Cf. Guilhem Magret (éd. Naudieth, p. 142, v. 24-25).

(4) Edition Appel, page 188. Cf. Peire Raimon de Toulouse (éd. Anglade, p. 43).

(5) Cf. les passages suivants de l'écrivain anglais : « Madame, *vous êtes l'écrin de toute beauté* sur tout le pourtour de la mappemonde... et, quand je vous vois danser, c'est un onguent

la nuit : « Ah ! s'écrie-t-il, quand c'est l'heure de dormir, je veille » :

Allas ! whan sleping-time is, than I wake (1),

de même qu'Arnaut de Mareuil se plaignait de ne

---

pour mes blessures, *bien que vous ne me fassiez nulle faveur* ».

Madame, ye ben of al beaute shryne
As fer as cercled is the mappemounde,...
Whan that I see you daunce,
It is an oynemente unto my wounde,
Thogh ye to me ne do no daliaunce.
(*To Rosemounde*, p. 121).

et surtout (*Amorous compleint*, p. 128) : « Mais certes *je m'émerveille, puisqu'elle est,* à mon avis, *la plus belle* qui ait jamais existé, *la plus douce et la meilleure* que la Nature ait faite ou fera, si longtemps que dure le monde, *qu'elle ait si peu de pitié* » :

But certes, than is al my wonderinge,
Sithen she is the fayrest creature
As to my dome, that ever was livinge,
The benignest and beste eek that Nature
Hath wrought or shall, whyl that the world may dure,
Why that she lefte pite so behinde?

avec la déclaration de Bernard de Ventadour (éd. Appel, p. 169) : « Quand je contemple *vos traits et vos beaux yeux amoureux, je m'étonne que vos réponses soient si brutales* » :

Quan mir vostras faissos,
E·ls bels huels amoros,
Be'm meravilh de vos
Cum etz de brau repos,

et celle de Peire Raimon de Toulouse : « Que Dieu protège sa grande beauté, son gentil corps jeune et frais, son mérite, sa réputation et ses propos courtois, car *aucun bien ne manque en elle, sauf la pitié* » (éd. Anglade, p. 60) :

Sa gran beutat, son gen cors nou e clar,
Son pretz, s'onor sal Dieus e·ls digz cortes,
Que res de be no y falh mas quan merces !

Cf. également, Gui d'Ussel (éd. Jean Audiau, p. 49) : « Je dirai du moins dans mes chansons combien *sa gracieuse personne est parée de beauté. S'il y avait la pitié,* qui est racine de toutes qualités ! *Mais elle manque en elle...* »

Sivals aitan dirai en mas chanssos
Co'l sieus gens cors es de beutat garnitz.
S'y fos merces qu'es de totz bes razitz !
Mas en lieis faill...

(1) Edit. Skeat, p. 111, v. 54.

point trouver le sommeil : « Lorsque je suis allé me coucher, et que je pense avoir enfin quelque repos, tandis que tous mes compagnons dorment, car tous les bruits se sont tus, alors je me tourne et me retourne sans cesse ; je pense et repense ; puis, je soupire »,

Quan me sui anatz jazer,
E cug alcun respaus aver,
E'l compagnọ dormon trestuit,
Que res non fai n'auja ni bruit,
Adoncx me torn e'm volv' e'm vir,
Pens e repens, e pueis sospir (1).

N'oublions pas, en effet, que, le plus souvent, leurs aveux obtiennent pour toute réponse un sourire ironique (2).

Mais la dame de leurs pensées est si belle (3) et si noble, que Chaucer, comme les troubadours, ose à peine implorer sa tendresse : « Je ne suis

---

(1) Raynouard, *Choix*, III, p. 199, Cf. Amanieu de Sescas (Appel, *Prov. Chrest.*, n° 100, p. 140) ; Raimon Jordan (éd. Kjellman, p. 109) ; Bernard de Ventadour (éd. Appel, pp. 235 et 271), et Arnaut Daniel (éd. Lavaud, p. 28).

(2) Chaucer (éd. Skeat, p. 128) regrette que sa dame s'amuse à rire quand on soupire :

It is hir pley to laughen whan men syketh

Cf. *ci-dessus*, chapitre II, pp. 77-78.

(3) Celle de Chaucer « resplendit comme le cristal éblouissant, et ses joues rondes sont pareilles au rubis » (éd. Skeat, p. 121, XII, 3-4) :

For as the crystal glorious ye shyne
And lyke ruby ben your chekes rounde.

Cf. Raimbaut de Vaqueiras (*Gedichte*, I, n° 77) : « Il me semble que Dieu la fit de cristal et de rubis » :

De robins ab cristail
Me par que Dieus la fe.

pas, déclare-t-il, assez hardi ni assez fou pour désirer que vous m'aimiez ; car je sais bien hélas ! que c'est impossible : je suis si peu de chose, et vous êtes si noble ! »

For I am nat so hardy ne se wood
For to desire that ye shulde love me ;
For wel I wot, allas ! that may nat be :
I am so litel worthy and ye so good (1).

N'est-ce point là précisément le langage que Bernard de Ventadour, Gui d'Ussel, Uc de la Bachélerie, tenaient à leur bien-aimée ? « Je ne sais que me dire : je fais grande folie, quand j'aime et désire la plus belle du monde »,

Als non sai que dire
Mas : mout fatz gran folor
Car am ni dezire
Del mon la bellazor (2).

« Dame, je ne vous demande pas et je n'ai pas la prétention que vous m'aimiez ; il ne convient pas que cela soit, car, même si vous écoutiez la pitié, je sais que votre rang vous interdit à moi »,

Domna, no'us prec ni non enten
Que vos m'ametz, ni no's cove,
Car, sitot cresiatz merce,
Paratges sai que'us mi defen (3).

(1) Edition Skeat, p. 112. Cf. p. 89 : *Compleynte unto Pite*, vers 107-108.

(2) Bernard de Ventadour (éd. Appel, p. 147) Cf. Pistoleta (éd. Niestroy ,p. 22, v. 25).

(3) Gui d'Ussel (éd. Jean Audiau, p. 42). Cf. *Ibid.*, VII, v. 19-24, p. 48.

« Si vous considérez, en tenant compte de ce que je suis, votre valeur et le mérite véritable que Dieu a mis en vous... je n'ose plus vous dire, Dame, que vous ayez pitié de moi, si Humilité n'abaisse Noblesse »,

S'encontra me gardatz vostra valensa
Ni'l verai pretz que Dieus a en vos mis...
No'us auzi dir, dompna, merce m'ajatz,
Se'lh Paratge no bays Humilitatz (1).

S'ils aiment leur dame, du reste, ce n'est point avec l'espoir d'obtenir ses faveurs. Il leur suffit de l'entourer d'une adoration presque mystique, et ni les uns, ni les autres — en dépit des cruels tourments que leur impose cet amour — ils ne consentiraient à porter ailleurs leurs hommages : « Sachez bien, dit Chaucer, que vous ne m'éloignerez pas de votre service, que toujours, de mes cinq sens, je vous servirai fidèlement, quelque mal que j'endure ; car je vous suis attaché de telle sorte que, bien que vous n'ayez jamais pitié de moi, je vous aime plus que tout et je vous suis aussi fidèle qu'on peut l'être » :

Witeth ye right wele,
That ye ne shul me from your service dryve;
That I wil ay, with alle my wittes fyve,
Serve yow trewly, what wo so that I fele,

(1) Uc de la Bachélerie, II, vers 37 sq. (Jean Audiau, *Troubadours et Jongleurs du Bas-Limousin*).

For I am set on yow in swich manere
That, thogh ye never wil upon me rewe,
I moste yow love, and ever been as trewe
As any can or may on-lyve here (1).

« Il me suffit de vous aimer, Rosemonde, affirme-t-il dans une autre pièce, bien que vous ne m'accordiez aucune faveur »,

Suffyseth me to love you, Rosemounde,
Thogh ye to me ne do no daliaunce (2).

« Sans fourberie et sans fausse affection, — disait également Uc de la Bachélerie, — comme celui qu'Amour a conquis, je serai toujours franc, loyal et fidèle envers vous, dame, en fait comme en apparence, et je n'ai ni l'envie ni le pouvoir de renoncer à cet amour. Au contraire, *je vous serai, même sans récompense, un amant fidèle*, car je vous aime aujourd'hui deux fois plus qu'hier : *jamais amant n'aima davantage sans être aimé* » :

Ses totz enjans e ses fals' entendensa,
Aissi cum selh cuy Amors a conquis,
Serai tostemps francx, e leyals e fis,
Vas vos, dompna, en fach et en parvensa,
E non ai cor ni poder que·m n'estraya ;
Ans vos serai en perdo fis amans,
Q'huey vos am mais no fazia er dos tans...
Qu'anc no fon drutz mielhs ames desamatz (3).

---

(1) *Compleint to his lady*, éd. Skeat, p. 112.

(2) *To Rosemounde, ibid*, p. 122.

(3) Uc de la Bachélerie, II, str. I (Jean Audiau, *Troubadours et jongleurs du Bas Limousin*).

De même encore, Guilhem Figueira remercie ses yeux de l'avoir énamouré d'une si noble dame, qu'il suffit à son bonheur de l'aimer sans en rien recevoir :

> Que ilh m'an fait de tal enamorar
> Don sui pagatz, ses plus, ab l'atendensa (1).

Bref, comme la dame tenait en mains la destinée du troubadour, celle de Chaucer « règne sur la vie et sur la mort » de son poète ; « elle peut le faire vivre ou mourir » :

> Ye ben of my lyf and deeth the quene... (2).
> On hire, that may to lyf and deeth me bringe... (3).

« Dame, proclamaient déjà Pons de Capduoill et Sordel, « en vous sont ma vie et ma mort » :

> En vos es ma mortz e ma vida (4).

Il convient d'ailleurs de remarquer que les passages de Chaucer dans lesquels on voit d'ordinaire une imitation de Pétrarque peuvent être considérés comme une imitation des troubadours. En effet, si le poète anglais se souvient des vers de Pétrarque : « Je tremble de froid au milieu de l'été et je suis brûlant en hiver », « Je crains et j'espère, je brûle et je suis un glaçon... » :

---

(1) Edition Levy, *Appendice*, I, v. 54, p. 62.

(2) Edition Skeat, XI, 9, p. 21. Cf. *ibid.*, p. 129 : *A ballade of Compleynt*, vers 10-11.

(3) *Ibid.*, XXII, 5, p. 127.

(4) Pons de Capduoill (éd. Napolski, p. 109) ; Sordel (éd. de Lollis, p. 179). Cf. ci-dessus, chapitre II, pp. 50-53.

E tremo a mezza state, ardendo il verno...
E temo espero, ed ardo e son un ghiaccio... (1)

lorsqu'il écrit : « Je suis tantôt brûlant comme la flamme, tantôt froid comme des cendres mortes »:

Now hote as fire, now cold as ashes dede (2).

Peire Vidal avait dit de l'amour : « Tantôt m'en vient le froid et tantôt la chaleur » :

Ar m'en ve fregz, ar calors (3).

Et Les *Leys d'Amors* citent quelques vers anonymes où se retrouve une formule identique : « Tu sens un froid vif quand il fait chaud et une chaleur torride quand il fait grand froid ; le froid te fait transpirer sans cesse et la chaleur te fait claquer des dents et trembler » :

Tu sentes greu freg en calor
Et caut arden en gran frejor ;
Le freytz te fai tot jorn suzar
E'l cautz glatir e tremolar (4).

Il en va de même de la chanson de *Troilus :* « Si ce n'est l'amour, mon Dieu, qu'est donc ce que j'éprouve ? Et si c'est l'amour, quel sentiment est-ce donc et quelle en est la nature ? Si l'amour est chose agréable, d'où me vient tant

(1) Edition Mestica, sonnets CII, et CIV.
(2) Chaucer, Edition Bell, IV, p. 381.
(3) Edition Anglade, p. 49.
(4) *Leys d'Amors* (éd. Anglade, II, p. 152). Cf. Guilhem Magret (éd. Naudieth, III, 20, p. 105.

de douleur ? Si c'est une misère, comment m'expliquer que tout tourment, toute peine qui me vient de lui, puisse me sembler si délicieux ? »

If no love is, o god, what fele I so ?
And if love is what thing and which is he ?
If love be good from whens comith my wo ?
Il it be wykkyd, a wondir thinkith me,
Whens every turment and adversite,
That comith of love, may to me savery think (1).

Ce sont exactement les termes qu'emploie Pétrarque dans le premier quatrain du sonnet CII :

S'amor non è, che dunque è quel ch'io sento ?
Ma s'egli è amor, per Dio, che cosa e quale ?
Se bona, ond'è l'effetto aspre mortale ?
Se ria, ond'è si dolce ogni tormento ?

Mais le poète italien s'était souvenu des antithèses qu'employaient les écrivains méridionaux pour se plaindre de l'amour : « Cent fois le jour je meurs de douleur, et cent autre fois la joie me rend à la vie ; ce mal semble si doux que je le préfère à tout autre bien », dit Bernard de Ventadour :

Cen vetz muer lo jorn de dolor,
E reviu de joy autras cen ;
Tant es lo mals de dous semblan,
Que mais val mos mal qu'autres bes (2).

« Ah ! combien de fois par jour je pleure, nous

(1) Edition Skeat, p. 211.
(2) Edition Appel, p. 189.

confie Augier, et combien de fois l'amour qui me vainc me fait rire ! » :

> Ai quantas vetz plor lo dia,
> E quantas vetz mi fai rire
> L'amors que'm vens (1).

Quand Chaucer parle des *prisons* (2) et des *chaînes* de l'amour, quand il appelle sa dame sa *douce ennemie* (3), son *ennemie chérie* (4), on pense tout naturellement à l'abus qu'ont fait d'expressions identiques les poètes d'Occitanie. Eux aussi, comme on a pu le voir au chapitre précédent (5), mentionnent dans leurs vers la *preiso*, la *charcer*, les *cadenas* qui les privent de leur liberté ; pour eux aussi, leur idole est souvent une *ennemia*, une *dolz'ennemia*. Est-il donc bien sûr que Chaucer les ait empruntées à Pétrarque, ces préciosités de langage que le poète italien avait puisées dans l'œuvre des troubadours (6) ? Le poète anglais— si l'on entend lui refuser une connaissance directe de la poésie provençale —

---

(1) Raynouard, *Choix*, III, p. 104.

(2) Edition Skeat, p. 121.

(3) *Ibid.*, p. 111, v. 41, et p. 116, v. 6.

(4) *Ibid.*, p. 112, v. 64.

(5) Cf. notamment les pages 82-83 et 84-85.

(6) Pétrarque parle des chaînes et de la prison d'Amour dans les sonnets LVI, LXVIII ; il donne à sa dame les noms de *dolce mia nemica* (sonnet CLXIX), *dolce ed amata* (ou *acerba*) *mia nemica* (Chanson I) de *nemica mia* (sonnets LVI, LXVII, CXXXVI, CXXXVII et CCXXIII) de *guerrera* (sonnet XIX).

ne trouvait-il pas déjà toutes ces formules dans l'œuvre de ses prédécesseurs ?

Je ne peux m'empêcher de relever encore quelques ressemblances — probablement fortuites — entre tels passages des chansonniers méridionaux et tels autres, rencontrés dans l'œuvre de Chaucer : « Je suis, écrit ce dernier, comme le chant de *chantepleure*, car tantôt je me lamente, et tantôt je suis joyeux » :

I fare as doth the song of chaunte-pleure
For now I pleyne, and now I pleye (1).

« Je ne chante point par goût de chanter, disait Lanfranc Cigala. Si je chante, je ne chante point : je pleure en chantant ; et *tel chant l'on doit appeler chantepleure* »,

Eu non chant ges per talan de chantar ;
Mas si chant eu, non chant, mas chantan plor,
Per c'aital chan deu hom clamar chan-plor (2).

Pareillement, les termes mêmes dans lesquels Cressida exprime son désespoir, lorsqu'elle est éloignée de Troylus, font songer à des vers de Pons de Capduoill et d'Arnaut de Mareuil : « Pourquoi, s'écrie-t-elle, pourquoi mener plus longtemps cette vie malheureuse ? Comment un poisson pourrait-il vivre hors de l'eau ? Que vaut Cressida, séparée de Troylus ? »

---

(1) Edition Skeat, p. 117, v. 320-21.

(2) Bertoni, *I Trovatori d'Italia*, p. 347, et Appel, *Provenzalische Inedita*, p. 182.

To what fyn sholde I live and sorwen thus ?
How sholde a fish with-oute water dure ?
What is Criseyde worth, from Troilus ? (1)

« Pas plus que le poisson ne vit séparé de l'eau, dit en effet Pons, je ne saurais vivre si ma dame se complaît à mon malheur » :

Aitan pauc co'l peissos
Viu ses l'aiga, viurai si'l platz mos dans
Midons... (2).

« Comme les poissons ont leur vie dans l'eau, proclame Arnaut, j'ai la mienne en la joie d'amour »,

Si cum li peis an en l'aigua lor vida,
L'ai eu en joi... (3)

Si l'on remarque enfin que les *Contes de Canterbury* commencent, selon la mode inaugurée par les troubadours, par une courte description du printemps :

Whan Zephirus eek with his swete breeth
Inspired hath in every holt and heeth
The tendre croppes, and the yonge sonne
Hath in the Ram his halfe cours y-ronne,
And smale fowles maken melodye
That slepen al the night with open ye,
(So priketh hem nature in hir corages)...

(1) *Troilus and Criseyde*, IV, v. 765-766 (édit. Skeat, p. 284). La comparaison ,comme je l'ai signalé au chapitre II, se retrouve chez Lydgate.

(2) Edition Napolski, p. 85.

(3) Raynouard, *Choix*, III, p. 207.

« Quand Zéphir aussi de sa douce haleine a ranimé dans chaque bocage et bruyère les tendres pousses et que le jeune soleil a dans le Bélier parcouru sa demi-course ; et quand les petits oiseaux font mélodie, qui dorment toute la nuit l'œil ouvert (tant nature les aiguillonne dans leur cœur) » (1) ; si l'on note que ce passage offre quelque ressemblance avec les vers suivants de Bernard de Ventadour : « Quand la feuille se répand sur l'arbre, quand le rayon de soleil s'est éclairci et que les oiseaux se vont enamourant l'un de l'autre et font babils et chansons » :

Quan la fuelha sobre l'albre s'espan,
E del solel es esclazitz lo rays,
E li auzelh se van enamoran
L'un pels autres, e fan voutas e lays (2),

on aura mentionné tout ce qui, dans l'œuvre de Chaucer évoque le souvenir des écrivains méridionaux.

*
* *

La dette de Gower est plus vaste. Dans les *Cinkante Balades escrites en François*, combien d'expressions, combien d'images semblent empruntées à la littérature occitane ! Avec un peu d'attention, on les reconnaît sans peine, malgré

(1) Traduction L. Cazamian (*Les Contes de Canterbury*, Paris, 1908).

(2) M. Appel (*Bernart von Ventadorn*, p. 325) attribue ces vers à Jaucelm Faidit.

les retouches qu'elles ont subies — chez les poètes précédents, dans les œuvres en langue d'oïl, ou dans les Sonnets de Pétrarque — avant de parvenir au contemporain de Chaucer.

Comme les troubadours, Gower oppose volontiers le charme de la belle saison aux souffrances d'amour ; car, son amour, comme le leur, est malheureux :

Pour comparer ce jolif temps de May,
Jeo le dirray semblable a Paradis
Car lors chantont et Merle et Papegai,
Les champs sont vert, les herbes sont floris...
Et jeo des autres sui soulein horpris,
Cum cil qui sanz amie est vrais amis (1),

Il aime une dame « *aux yeux vairs et riants* » (2), « *parée de toutes les qualités* » (3), « *fleur des fleurs* » (4), « *belle comme le mois de*

---

(1) *Balades*, XXXVI. Cf. *ci-dessus*, pp. 36-44. M. Hensel (*Die Vögel in der provenzalischen u. altfranzösichen Lyrik des Mittelalters*, no 16) donne à *papegai*, dans ce passage, le sens de *pivert* (par analogie avec l'anglais moderne *popinjay*), et fait remarquer (*op. cit.*, no 11) que les vers ci-dessus sont, dans la poésie lyrique de langue d'oïl, *les seuls à mentionner le merle* ; au contraire, les troubadours ont souvent placé cet oiseau parmi les annonciateurs de la belle saison. Cf., par exemple, Guilhem Rainol d'At (Mahn, *Gedichte*, III, 955) :

Quant aug chantar lo gal sus e l'erbos,
*E'l pic*, e'l jai, *e'l merl'* e'l coa-ros...

De même (*Archiv.*, XXXIV, 378) :

Can vei la flor sobre'l sambuc
Et au *lo pic e'l merle* e'l gais...

(2) *Balades*, XII et XXVII. Cf. *ci-dessus*, p. 72.

(3) *Balades*, XIV et XVI. Cf. *ci-dessus*, p. 61.

(4) *Balades*, VI et X. Cf. Rambertino Buvalelli (*Trovatori d'Italia*, p. 223) :

Eu sai la flor plus bella d'autra flor.

*mai* » (1), « *miroir d'honneur, exemple de bon renom* » (2), et « *semblable au soleil qui illumine l'herbe* » (3) ; bref, une dame qui ne serait pas indigne d'un roi (4), et que l'on ne peut voir sans l'aimer, si grande est sa beauté :

Vo bealté porra nuls coers passer
Que ne l'estoet par fine force amer
Et obéir d'amour là discipline,
Par soulement vo bealté regarder (5).

Les poètes du Midi faisaient de leur dame un éloge identique ; Bernard de Ventadour, par exemple, déclare que, mis en présence de son idole, nul ne saurait s'empêcher de l'aimer :

Chascus qi la ve
D'amar leis no's recre (6).

Et quand Gower nous avoue :

---

(1) *Balades*, X et XXIII : Cf. Arnaut de Mareuil (Raynouard, *Choix*, III, p. 205) :

Plus bella que bels jorns de May.

(2) *Balades*, XXI. Cf. Peirol (Mahn, *Werke*, II, p. 30) ;

Qu'ilh es *miralhs* e flors
De totas las melhors.

Arnaut de Mareuil (Bartsch, *Chrest. Provençale*, col. 107, v. 25-26) qualifiait aussi sa bien-aimée de : « *miroir* d'amour, clé de vrai mérite, *écrin d'honneur* »,

Miralhs d'amor
Claus de fin pretz, escrins d'onor.

(3) *Balades*, XXI. Cf. Rigaut de Barbezieux (édit. Anglade, p. 82), et la page 67 du chapitre II. Arnaut de Mareuil appelait sa dame : « *Soleil de Mars* » (Bartsch, *Chrestomathie provençale*, col. 107, v. 23).

(4) Cf. *Balades*, XXVI et XLIV. On trouvera *ci-dessus* (p. 68) des vers où les troubadours expriment une idée identique.

(5) *Balades*, XXXI.

(6) Edition Appel, p. 16, v. 38-39 (Variante du *Ms* S).

« Dès la première rencontre, lorsque je vis la beauté de ma dame, je lui soumis mon cœur et mon corps tout entiers, tant je fus d'amour ravi »:

Pour un regard au primere acquintance
Quant jeo la bealté de ma dame vi,
Du coer, du corps trestoute m'obeissânce
Lui ai doné, tant fui d'amour ravi (1),

on songe aux déclarations analogues de Bertran d'Alamanon, de Peire Vidal, ou de Peirol : « Le premier jour que je vis sa personne digne de louanges, avant même que je m'éloignasse, sa grande beauté m'a conquis », — « Je fus pris quand j'eus vu ma dame ; car aucune ne lui ressemble en mérite complet, joint à une valeur morale parfaite ». — « La premième fois que je la vis, elle me plut tellement que je ne pus rien garder de mon cœur : il fut tout à elle :

Lo primer jorn q'eu vi son cors prezan,
Anz qe'm partis denantz leis, m'a conquis
Sa granz beutatz... (2).

Apoderatz fui quan ma domn'aic vista,
Car nulh' autra ab leis no s'aparelha
De pretz entier ab proeza complida... (3).

Quant en premer la vi, me plac aitan
Que de mon cor retener non puec ges :
Totz fo ab leis... (4).

---

(1) *Balades*, XXIII.
(2) Bertran d'Alamanon (éd. Salverda de Grave, p. 131).
(3) Peire Vidal (éd. Anglade, p. 18).
(4) Peirol (Mahn, *Werke*, II, p. 28).

Ajoutez à cela que cette beauté a l'étrange pouvoir de rendre meilleur (1), et vous comprendrez sans peine que Gower, depuis qu'il a vu cette créature parfaite, soit « tout en son pouvoir », qu'il lui ait soumis « son cœur, sa personne, ses sens et sa raison » :

Jeo sui del tout, ma dame, en vo pooir... (2)
De celle q'ad dessoubtz sa discipline
Mon coer, mon corps, mes sens et ma resoun (3) ;

qu'il oublie pour elle le reste du monde :

Vostre bealté m'ad tielement saisi
Que j'ai pour vous toute autre chose oubli (4) ;

---

(1) Gower (*Balades* LV) : « A considérer votre perfection, tous les amants se pourrait amender, car bon amour incline aux vertus »,

Pour vo bonté considérer,
Toutz les amantz se porront amender,
Car bon amour a les vertus encline.

Cf. Guillaume de Poitiers (éd. Jeanroy, p. 23) : « par la joie qui vient d'elle, le malade peut guérir... et le plus vilain devenir courtois »,

Par son joy pot malautz sanar...
E totz vilas encortezir.

De même, cf. Bernard de Ventadour (édit. Appel, pp. 76, 127, 140) ; Peire Rogier (éd. Appel, p. 55) ; Pons de Capduoill (éd. Napolski, p. 60) ; Sordel (éd. de Lollis, p. 244) etc...

(2) *Balades*, XI, vers 17. Cf. Bernard de Ventadour (édit. Appel, p. 244) : « Je ne m'appartiens plus, je suis tout en son pouvoir » :

Meus no sui et ilh m'a en poder.

(3) *Balades*, XXI, vers 3-4. Cf. Bernard de Ventadour (édit. Appel, p. 188) et Peire Raimon de Toulouse (édit. Anglade, p. 43) : « J'ai mis à l'honorer et à la servir mon corps, ma raison, mon sens et mon jugement » :

Le cors e'l sen, l'albir
Ai mes, e'l vejaire,
En lieys honrar e servir.

(4) *Balades*, XXXVIII.

et que, même à l'église, la voix du prêtre ne suffise pas à chasser de son esprit le souvenir de celle qu'il aime : « Lorsque je peux entendre le chapelain réciter sa litanie ou la leçon du psautier, je ne sais nommer qu'elle, car j'ai le cœur plein d'un si fidèle amour qu'en elle est toute ma dévotion : Dieu m'accorde de ne pas prier en vain ! ».

Quant jeo puiss oïr le chapellein
Sa letanie dire et sa leçoun,
Jeo ne sai nomer autre, s'ile noun,
Car j'ai le coer de fin amour si plein
Q'en lui gist toute ma dévocion.
Dieus doignt qe jeo ne prie pas en vein ! (1).

C'est, à peu de chose près, ce qu'écrivaient Guilhem de Cabestanh, Pons de Capduoill, Uc de la Bachélerie et Folquet de Romans. « Vous me fîtes oublier moi-même et le reste du monde », dit le premier de ces troubadours :

Mi e quant es mi fezes oblidar (2).

« Bien que je n'aie de vous aucune autre faveur, déclare Pons de Capduoill, je vous aime, si fidèlement qu'il ne me souvient pas d'autre chose, même quand je prie Dieu » :

---

(1) *Balades*, XXIV.

(2) Edition Langfors, p. 45. Cf. Gui d'Ussel (édit. Jean Audiau, p. 42) ; Jaucelm Faidit (Mahn. *Werke*, II, p. 105). Raimon de Miraval (*ibid.*, p. 118) etc...

Ieu vos am, ja autre pro no n'aya
Tan finamen que d'alre no'm sove,
Neis quan prec Dieu... (1).

« Chaque fois que j'ai voulu dire un *Pater Noster*, nous confie à son tour Uc de la Bachélerie, avant que j'en fusse à *es in cœlis*, ma pensée fut auprès d'elle » :

Un pater noster non dis
Ans qu'ieu disses « in cœlis »
Fon ab lieys mos esperitz (2)

De même, Folquet de Romans, dans l'épître qu'il adresse à sa dame, se plaint d'être tellement occupé de son amour qu'il en oublie de prier : « Quand je suis au moutier, comme autre pécheur demande à Dieu pardon de ses pêchés, moi j'implore la grâce de vous tenir en mes bras, car je ne sais point faire d'autre prière. Bien plus, je pense tant à votre visage que, lorsque je crois dire « Notre Père », je dis :« Dame, je suis tout à vous ! » Vous m'avez fait perdre le sens, au point que j'en oublie Dieu et moi-même! »

Quan m'en soi intratz al moster,
Si com autres pechaires quer
A Deu perdon de sos pechaz,
Ez eu vos or entre mos braz
Qu'eu non sai far autr' orazon.
Ans pens tant a vostra faison,

---

(2) Raynouard, *Choix*, III, p. 174.

(2) Uc de la Bachéleric, I (J. Audiau, *Troubadours et Jongleurs du Bas-Limousin*).

Que, quan eu cuit dir « patrenostre »,
Ez eu dic « Domna, tot soi vostre ! »
Aissi m'avez enfoletit
Que Deu e me en entroblit (1).

On dirait, en effet, qu'Amour a gravé dans leur cœur le nom ou l'image de leur dame : « Je pense, dit Gower, que, de sa main, ma dame a écrit son nom dans mon cœur » :

Jeo quide que ma dame de sa mein
M'ad deinz le cœr escript son propre noun (2).

Peire Vidal parlait de même : « Dans mon cœur Amour m'a fait inscrire sa grande beauté, à laquelle il n'y a rien à reprendre » :

Ins en mon cor m'a fait Amors escrire
Sa gran beutat, don res non es a dire (3) ;

et Sordel affirmait à sa belle-amie : « Dame, dès que je vis votre gente personne, en mon cœur Amour a gravé, sculpté, vos traits » :

Dompna, al prim lans
Q'ieu vi'l gen cors de vos,
Vostras faissos
M'entaillet per semblans
Al cor, trenchans,
Amors... (4).

---

(1) Edition Zenker, p. 78, v. 213-224.

(2) *Balades*, XXIV.

(3) Edit. Anglade, p. 131. Cf. Bernard de Ventadour (éd. Appel, p. 141).

(4) Edition de Lollis, p. 205.

Hélas ! ce grand amour n'est pas récompensé, car, humble et timide, le poète n'ose le plus souvent en faire l'aveu. « Quand je contemple, dit Gower, la gentillesse et la douce figure, le sens, l'honneur, le port, la contenance de ma très noble dame, en qui Nature a mis tous les biens, pure est ma joie... Mais quand il m'arrive de me rappeler, comme il sied, la haute condition de ma dame et mon insuffisance, quand je pense à cette noble créature, de peur et de désespoir, ma joie s'assombrit plus que la lune, par éclipse ». — « J'ai la force de penser, ajoute-t-il, mais quand vient le moment de parler, le cœur me fait défaut par suite d'une frayeur telle qu'elle m'ôte la voix et la parole » :

Qant jeo remire al l'oill sanz variance
La gentilesce et la doulce figure,
Le sens, l'onour, le port, la contenance
De ma tres noble dame en qui Nature
Ad toutz biens mis, lors est ma joie pure...

Mais quant me vient la droite souuenance
Coment ma doulce dame est a dessure
En halt estat et ma nonsuffisance,
Com pense a si tresnoble creature
Lors en devient ma joie plus obscure,
Par droit paour et par désespérance,
Qe lune quant eglips la desavance... (1).

Pour bien penser jeo truiss assetz vigour
Mais quant jeo doi parler en ascune hure,
Le coer me falt de si très grant paour
Qu'il hoste et tolt la vois et la parlure... (2).

(1) *Balades*, XIII.
(2) *Balades*, XXII.

Dans une autre ballade, il répète encore qu'il n'ose faire l'aveu de ses sentiments :

> Qe parler n'ose a dame si halteine (1).

Les troubadours montraient à l'égard de leur dame une égale humilité : « Je ne sais que dire, avons-nous lu dans une chanson de Bernard de Ventadour, je ne sais que dire : je fais grande folie, quand j'aime et désire la plus belle du monde ». — « Dame, protestait Gui d'Ussel, je ne vous demande pas, et je n'ai pas la prétention que vous m'aimiez ; il ne convient pas que cela soit : je sais que votre rang vous interdit à moi. »

> Als non sai que dire
> Mas : mout fatz gran follor
> Car am ni dezire
> Del mon la ballazor (2).

> Domna no'us prec ni non enten
> Que vos m'ametz, ni no's cove...
> Paratges sai que'us mi defen (3).

De même, en présence de leur bien-aimée, les poètes du Midi n'avaient guère plus de hardiesse que John Gower : « Quand je la vois, se désole Arnaut de Tintignac, je suis tout désemparé, car la peur m'enlève la joie que j'ai d'être auprès

---

(1) *Balades*, XIV.

(2) Bernard de Ventadour (éd. Appel, p. 147). Cf. Pistoleta (éd. Niestroy, p. 22, v. 25).

(3) Gui d'Ussel (éd. Jean Audiau, p. 42) Cf. *Ibid.*, VII, vers 19-24, p. 48 ; de même Uc de la Bachélerie (II, v. 37 sq. in : Jean Audiau, *Troubadours et Jongleurs du Bas-Limousin*).

d'elle, et je demeure si craintif que je ne peux lui faire, avec de gentes paroles, l'aveu de ce que je pense et ne dis point mes sentiments » :

> Quan la vey, totz m'esbays,
> Que'l joy m'en tolh pura paors ;
> E remanc en aital duptans
> Quar no puesc esser gen parlans
> D'aquo que pes, ni'l cor me di (1).

J'ai déjà signalé, dans le chapitre précédent (pp. 78-79) que parfois, n'osant avouer leur amour de vive voix, les troubadours se résolvaient à déclarer par écrit leurs sentiments. Gower agit de même :

> Ceste balade a vous, ma dame, escris,
> Q'a vous parler me falt du bouche aleine (2).

Pourtant, — Gower partage sur ce point l'opinion des troubadours — il leur est difficile de vivre sans l'amour d'une si noble dame. La mort les guette: par la blessure que leur ont faite de beaux yeux vairs et riants, s'en va leur vie. Et l'idole est le seul médecin qui les puisse guérir.

« Si je tais mes sentiments, je vois que ma mort est proche », dit Gower. « Je mourrai si je ne trouve point merci. » — « Cupidon m'a fait une

---

(1) Arnaut de Tintignac, IV (Jean Audiau, *Troub. et Jongl. du Bas-Limousin*) ; *ibid*, I (str. I et IV). Cf., pour d'autres exemples, chapitre II, pp. 52-54.

(2) *Balades*, XIV : « je vous écris cette ballade, ma dame, car je ne peux vous souffler mot ». Cf. Bernard de Ventadour (éd. Appel, p. 101).

telle blessure emmi le cœur avec son dard enflammé, que tout remède est pour moi sans effet, si vous ne venez à mon secours » vous, qui êtes « de tous maux le médecin » :

Et si m'en tais, jeo voi la mort procheine... (1).
Ensi morrai si jeo merci ne truis... (2)
Ma dame, quand jeo vi vostre oill vair et riant,
Cupide m'ad ferru *de tielle plaie*
Parmi le coer d'un *dart* d'amour ardent,
Qe nulle *medecine* m'est verraie,
Si vous n'aidetz... (3)
de toutz mals le *Mire*... (4).

Les exemples d'expressions analogues que j'ai relevés dans le chapitre précédent — voire même au début de celui-ci — me dispensent, sans doute, de rappeler l'emploi qu'en ont fait les poètes méridionaux. Je ne m'attarderai pas davantage à mentionner les textes de langue d'Oc dont Gower a pu s'inspirer, après Pétrarque, pour écrire des vers comme ceux-ci :

En vous amer sui tielement ravys
Q'au plus souvent mon sentement forsvoie,
Ne sai si chald ou froid, ou mors ou vifs,
Ou halt ou bass, ou certains ou faillis,
Ou tempre ou tard, ou pres ou loing jeo soie...

---

(1) *Balades*, XIV, str. II.

(2) *Balades*, XVI, str. III.

(3) *Balades*, XXVII. Sur les blessures que font les yeux, cf. *ci-dessus*, p. 83-83 et 90.

(4) *Balades*, VI. Cf. *Balades*, IX, str. V, vers 35-36, et, pour ce qui précède, les exemples provençaux cités aux chapitres II, p. 81, et III, pp. 89-90.

Jeo ris en plour et en santé languis,
Jeue en tristour et en seurté m'esfroie,
Ars en gelée et en chalour frémis,
Ore ai le coer en ease ore en destance... (1)
Ore est ma vie en ris, ore est en plour... (2).

De même, après avoir lu les pages qui précèdent, le lecteur fera de lui-même le rapprochement entre les vers de Gower :

Vous estes la plus belle et graciouse,
Si vous fuissetz un poi plus amerouse...
*En la bealté que Dieus t'ad fait avoir*
*Sont les vertus si pleinement compris*
*Qe riens y falt;* dont l'en doit donner pris
A vous, ma doulce dame gloriouse,
*Si vous fuissetz un poi plus amerouse* (3),

---

(1) *Balades*, IX et XIII. Cf. simplement la première des deux *coblas reversadas* conservées par les *Leys d'Amors* (édit. Anglade, II, p. 152) : « Tu sens un froid vif quand il fait chaud et une chaleur torride quand il fait grand froid ; le froid te fait transpirer sans cesse, et la chaleur claquer des dents et trembler. Triste, tu ris volontiers à toute heure, et, dans l'allégresse, tu pleures ; dans les bois tu pêches les poissons et dans la mer tu chasses les lions »,

Tu sentes greu freg en calor
E caut arden en gran frejor ;
Le freytz te fay tot jorn suzar
E'l cautz glatir et tremolar.
Volontiers, en dol, totas horas
Rizes, et en alegrier ploras.
En los boscz pescas los peyssos,
Et en la mar cassas leos.

Cf. également ,Giraut de Bornelh (édit Kolsen, p. 334) et Appel (*Provenz. Chrest.*, pp. 82-83). Cf. *ci-dessus*, pp. 97-98.

(2) *Balades*, XXII.

(3) *Balades*, XI. Dans la Balade XVIII, il se plaint également de cette dame sans merci, plus dure que pierre et que diamant. Cf. Raimbaut de Vaqueiras (Mahn, *Gedichte*, n° 711) :

Tot'ai meza ma cura
En cor de peira dura.

et le passage suivant de Peire Raimon de Toulouse : « Que Dieu protège sa grande beauté, son gentil corps jeune et frais, son grand mérite, sa réputation, ses propos courtois, *car aucun bien n'y manque, sauf la pitié* »,

Sa gran beutat, son gen cors nou e clar,
Son pretz, s'onor sal Dieus e'ls digz cortes ;
Que res de be no y falh, mas quan merces (1).

Ne serait-il pas également superflu de rappeler que, comme Gower, les troubadours mettaient en leur dame leur joie suprême (2), qu'ils l'aimaient plus que le Paradis (3), et ne consentaient point,

---

(1) Edit. Anglade, p. 60. Cf. Gui d'Ussel (édition Jean Audiau, p. 49) : « Je dirai du moins en mes chansons combien sa gracieuse personne est parée de beauté. S'il y avait en elle la pitié, de toutes qualités la racine ! Mais elle fait défaut... »

Sivals aitan dirai en mas chanssos
Co'l sieus gens cors es de beutat garnitz ;
S'y fos merces qu'es de totz bes razitz !
Mas en lieis faill...

Cf. *ci-dessus*, p. 91, n. 5.

(2) Gower : « Sans partage, tu es ma plus grande joie » (*Bal.* IV) — « En vous est ma joie souveraine » (*Bal.* IX) :

Sanz departir, tu es ma joie maire...
Après Dieu et les Saintz de Paradis,
En vous remaint ma souveraine joie...

De même, Bernard de Ventadour (éd. Appel, p. 219) : « J'ai joie de moi, et plus grande de ma dame... mais elle est joie qui surpasse toutes les autres. » :

Joy ai de me e de midons major...
Mas ilh es joys que totz los autres vens...

(3) Gower (*Balades*, V) prend Dieu à témoin que, s'il était en Paradis, il ne lui demanderait d'autre bonheur que l'amour de sa dame :

malgré tous les tourments qu'ils enduraient par elle, à l'abandonner pour une autre (1) ?

Fidèles envers et contre tous (2), ils attendaient que leur constance réussît à toucher le cœur de

---

Ceo prens tesmoign de Dieu, qi sciet le voir,
Si fuisse en Paradis, ceo beal manoir,
Autre desport de lui ja ne querroie
C'est celle ov qui jeo pense a remanoir.

De même, dans la Ballade VII, Gower déclare à sa dame qu'il aime autant sa présence que le paradis terrestre :

Plus ne voldrai le Paradis terrestre
Qe jeo n'ai plus vostre présence amée...

Cf. ci-dessus, pp. 64-65. Le poète anglais ,comme les troubadours, voit en effet en sa dame une créature divine (Ballade XXI) :

Jeo croi bien que ma dame soit devine.

(1) Je ne répète pas ici les citations provençales que j'ai faites à ce sujet. Cf. *ci-dessus*, pp. 95-97. Voici les passages dans lesquels Gower exprime la même idée :

Pour tout le monde, je ne la changeroie.
(*Balades*, VI).
Qe mieulx voldroi morir en son servage.
(*Balades*, XXIII).
Mieulx vuil languir qe sanz vous estre sein.
(*Balades*, XXVII).

et surtout Ballade XVII : « On dit que vaut bien peu service où l'on n'obtient pas de salaire ; mais pourtant jamais je ne quitterai pas ma dame ; je me suis consacré tout entier à la servir » :

Om dist que poi valt service q'est sanz fee ;
Mais ja pour tant ma dame ne lerray
Q'a lui servir m'ai tout abandoné.

(2) Les *médisants* tiennent, dans l'œuvre de Gower, le rôle des *lauzengiers*. Cf. (*Balades*, XXV, vers 3-4) :

Mais le fals jangle et le très fals conspir
Des mesdisantz m'ont destorbé la voie,

et Bernard de Ventadour (éd. Appel, p. 114) :

Mas fals lauzengers engres
M'an lunhat de son païs.

Il est vrai que ces amants modèles n'oublient jamais leur dame, qu'ils en soient près ou loin ; cf. Gower (*Balades*, VII, v. 1-3 ; XV, v. 7-8, 15-16) ; Bernard de Ventadour (édit. Appel,

cette « belle dame sans merci », car la vie et les livres montrent qu'il ne faut jamais désespérer :

Quant dolour vait, les joies vienont pres (1),

« Après la douleur viennent les joies », note Gower avec une satisfaction naïve qui rappelle l'optimisme de Rigaut de Barbezieux : « Après douleur vient le bien-être ; après grand tourment le bonheur ; joie fastueuse après tristesse, long repos après le labeur, et grande merci, pour qui sait attendre sans regimber » :

Aissi ven bes apres dolor,
Et apres gran mal jauzimen,
E rics jois apres marrimen,
E loncs repaus apres labor,
E grans merces, per sofrir ses contendre (2).

« On apprivoise la bête la plus sauvage au moyen de simples paroles » remarque également Gower :

Om solt danter la beste plus salvage
Par les paroles dire soulement (3),

---

p. 76) : « Dame, de quelque côté que je me tourne, je reste en votre compagnie et vais avec vous »,

Domna, vas calque part que·m vir,
Ab vos remanh et ab vos vau ;

et Peirol (Mahn, *Werke*, II, 17) : « Toujours, où que j'aille, je la vois et la contemple » :

Ades, on qu'ieu m'an, la vei e la remire.

(1) *Balades*, II.

(2) Edit. Anglade, p. 71. Cf. Elias Cairel (édit. Jaeschke, p. 195) ; Cercamon (édit. Jeanroy, p. 3) et Amanieu de Sescas (Raynouard, *Choix*, V, p. 22).

(3) *Balades*, XIX.

Et, dans une autre Ballade il ajoute : « Les gouttes d'eau, à force de tomber, creusent souvent la pierre dure » :

Les goutes d'eaue que cheont menu
L'en voit sovent percer la dure piere... (1).

La première de ces comparaisons, Peire Vidal ne craint pas de la faire dans sa chanson *Neus ni gels, ni ploya ni fanh* (2), mais elle est exprimée plus nettement encore dans le Roman de *Flamenca* : « Il n'est pas au monde de dragon, de vipère, d'ours, de lion, de loup, ni de grand-duc, qu'on ne puisse apprivoiser par la douceur, si l'on veut s'en donner la peine. Donc elle est plus cruelle que toute autre créature, la dame que pitié ne peut vaincre » :

El mon non a drago ni vibra,
Ors ni leon, ni lop, ni sibra
Qu'om non pusca adomeschar
Ab gent tener, si i vol poinar.
Doncs es piegers ques autra res
Cil domna cui nos vens merces... (3).

Quant à la seconde comparaison, Bernard de Ventadour l'avait employée tout d'abord : « J'ai trouvé en lisant que goutte d'eau, à force de tomber au même endroit, finit par trouer la pierre dure » :

---

(1) Edit. Anglade, p. 137, str. II.

(2) *Balades*, XVIII.

(3) Edition Paul Meyer (2e), vers 4291-4296, p. 159. Je donne à *sibra* le sens de l'ancien français *sivre* (Godefroy, *Dict. anc. fr.*, VII, p. 433). Cf. Bernard de Ventadour (éd. Appel, p. 191).

Eu ai be trobat legen
Que gota d'aiga que chai
Fer en un loc tan soven
Tro chava peira dura... (1).

De même, lorsque le poète anglais compare son cœur à la barque secouée par la tempête :

Si com la nief quand le fort vent tempeste,
Par halte mer se torne ci et la... (2).

on se rappelle tout de suite les vers dans lesquels Giraut de Bornelh se lamente d'être « plus désespéré que la nef qui, tourmentée par les flots et par les vents, s'agite sur la mer » :

Sui plus despers per sobramar
Que naus, quan vai torban per mar,
Destreicha d'ondas e de vens (3) ;

---

(1) Edition Appel, p. 95. Le troubadour limousin s'est souvenu d'Ovide, *De Arte Amandi*, I, 476 :

Dura tamen molli saxa cavantur aqua.

ou de *De Ponto*, Livre IV, élégie X, v. 5 :

Gutta cavat lapidem...

M. Jeanroy (*De Nostratibus medii ævi poetis...*, p. 89) relève comme une imitation de Bernard de Ventadour, les vers suivants d'un poète anonyme :

Aigue perce dur chaillou
Por qu'ades i fiere.

Cf. également Pétrarque (sonnet CCXXVI) : « j'ai vu un peu d'eau, par une épreuve continue, consumer marbres et pierres résistantes » :

Che poco umor già per continua prova
Consumar vidi marmi e pietre salde.

On remarquera que les vers de Gower se rapprochent surtout de ceux du troubadour. S'agit-il d'une imitation directe ?

(2) *Balades*, XXX.

(3) Edition Kolsen, p. 60.

ceux où Bernard de Ventadour se plaint d'être « balancé comme la nef sur l'onde » :

Atressi'm ten en balansa
Cum la naus en l'onda (1)

ceux enfin de Peire Vidal: « Je suis pareil au naufragé balancé sur l'eau » :

Atressi co'l perilhans
Que sus en l'aiga balansa (2).

Je n'hésite pas davantage à rapprocher des vers bien connus de Folquet de Marseille : « Vous me garderiez comme le fou garde un épervier sauvage quand il craint que celui-ci ne se détache : il l'étreint si fort dans le poing qu'il le tue » :

Aisi'm retengratz quo'l fols rete
L'esparvier fer, quan tem que se desli,
Que l'estrenh tan el poynh tro que l'auci (3),

le passage suivant de Gower :

Com l'esperver qe vole par creance
Et de son las ne poet partir en voie,
De mes amours ensi par resemblance
Jeo sui liez... (4).

(1) Edition Appel, p. 262.

(2) Edition Anglade, p. 3. Si Gower s'est inspiré d'Ovide (*Amores*, II, v. 8) :

Auferor ut rapida concita puppis aqua,

il est encore, par un singulier hasard, plus proche des troubadours que j'ai cités — surtout de Giraut de Bornelh — que du poète latin. S'agit-il, cette fois aussi, d'une imitation directe ?

(3) Edition Stronski, pp. 48-49.

(4) *Balades*, XV.

C'est encore à un oiseau de proie — à un faucon — que Gower compare sa pensée :

D'estable coer qui nullement se mue
S'en ist ades et vole le penser,
Assez plus tost que falcon de sa mue... (1).

Or, Guilhem de Berguedan emploie, dans l'une de ses chansons, une comparaison analogue : « Plus vite ne vole hirondelle, épervier, ni autre oiseau que mon désir ne va et vient » :

Plus tost no vola ysrundella,
Ni esparviers, ni aussella
Cum ma voluntatz vai e ve... (2).

Les métaphores des Ballades XXXVIII et XLVI ont aussi leur équivalent dans la poésie méridionale : « Comme, par nature, la fine pierre d'aimant attire à soi le fer, de même, ma dame, proclame le poète anglais, votre doux regard plaisant, par son simple pouvoir, attire mon cœur ». « De même que l'aimant attire le fer, disait déjà le troubadour Aimeric de Pegulhan, de même Amour tire mon cœur vers toi » :

Si come la fine pieré Daiamand
De sa nature attrait le fer an soi,
Ma dame, ensi vo douls regard plesant
Par fine force attrait le cœr de moi... (3).

---

(1) *Balades*, VIII.

(2) Raynouard, *Choix*, III, p. 551.

(3) *Balades*, XXXVIII.

Eissamen com l'azimans
Tira'l fer e'l trai ves se,
Tir ' Amors mon cor a se (1).

« Tel l'aigle s'élève au-dessus des oiseaux pour les survoler, tel, ma douce amie, votre amour plane au-dessus de tous les amants » :

En resemblance d'aigle qui surmonte
Tout autre oisel pour voler au dessure,
Très douls amis, vostre amour tant amonte
Sur toutz amantz... (2).

Ainsi parle Gower, après Daude de Pradas : « Jamais aigle ne monta si haut que votre mérite » :

Anc tan auta aigla no montet
Com vostre prez... (3).

Enfin, tandis que certains vers du contemporain de Chaucer reproduisent les formules habituelles du « vasselage amoureux » (4), les ballades XLVIII et L ne semblent-elles pas inspirées des *chansons*

---

(1) Mahn, *Gedichte*, n° 1004 ; de même Bernard de Ventadour (édit. Appel, p. 153) :

Vas se'm tira com azimans
La bela cui Deus defenda.

(2) *Balades*, XLVI.

(3) Cité par Hensel, *op. cit.*, n° 20.

(4) Voici quelques exemples :

Soubtz vo constreignte e soubsz vo governance
Amor m'ad dit qe jeo me supple et ploie,
*Si com foial doit faire a sa liegance.*
(Gower, *Bal.* XV).

Que'us servirai *com bo senhor*
(Bernard de Ventadour, éd. Appel, p. 191).

ou *sirventes* composés par les poètes Occitans à la gloire ou à la confusion de l'Amour ?

Il semble que Gower ait pris aux troubadours non seulement le thème général de ces deux piè-

---

Du destre mein jeo l'ai *ma foi plevi,*
Sur quoi ma dame ad *resceu mon homage,*
Com son *servant* et son *loial ami.*
(Gower, *Bal.* XXIII).

E'lh serai *om* et *amics* e *servire* ·
(Bernard de Ventadour, *loc. cit.*, p. 92).

Vostr'*om* sui *juratz* e *plevitz*
(*Ibid.*, p. 196).

Anz li fatz *lig'omenatge.*
(Moine de Montaudon, éd. Klein, XVI, 30).

*Loial servant* doit avoir son *loer.*
(Gower, *Bal.* XXVIII).

Qe qi ben serf bon guierdon aten
(Arnaut de Mareuil, *Ms. P*).

De fin amour qui voet savoir l'istoire,
Il falt q'il sache et bien et mal suffrir.
(Gower, *Bal.* XLVIII).

Mas cel quez es bos e leials
E sap grazir les bes e'ls mals
(*Breviari d'Amor*, v. 30827-30828).

De même, le début de la Ballade XLI : « Il est aujourd'hui tant de faux amants dont les amies pourront se lamenter ! Celui qui jure le plus et fait serment de bien aimer, pense plus que tout autre à décevoir » :

Des fals amantz tantz sont au jour present,
Dont les amies porront bien doloir !
Cil qui plus jure ,et fait son serement
De bien amer, plus pense a decevoir,

rappelle les vers de bien des troubadours, entre autres ceux de Matfre Ermengaud (*Breviari d'Amor*, éd. Azaïs, t. II, 31.275-31.316) :

E quant d'aytals trichadors son
Fals ves lur donas, per lo mon !..
Que cascus ditz que es leials,
(Quanque sia trachers e fals)
E pueis, mantenen, cascus vai
Trichan las donas sai e lai...

« Qu'il y en a par le monde de ces fourbes, déloyaux envers leur dame !... Chacun se dit loyal (bien qu'il soit traître, hypocrite) ; puis, sans retard, chacun va tromper les dames, çà et là. »

ces (1), mais la plupart des traits de détail qui lui servent à le développer :

Amour de soi est la foi tricherouse
Qe plus promette et meinz apporte au mein.
(GOWER, *Balades*, XLVIII).

Del gran engan qu'Amors vas mi fazia...
C'ades promet mas re no pagaria (2)
C'Amors tol mais que no vol dar... (3).

Le riche est povre et le courtois vilein.
(GOWER, *loc. cit.*).

E mainz manens enpaubrezir (4)
E'l plus cortes vilanejar (5).

---

(1) Le poète anglais développe les deux idées suivantes : « Amour ne se conforme pas à la raison » (*Balades*, XLVIII) et l'Amour a le pouvoir de rendre meilleur (*Balades*, L). Cf. le vers d'Arnaut de Tintignac (Jean Audiau, *Troubadours et Jongleurs du Bas-Limousin*) :

Amors no vai de razo

et ceux de Raimbaut de Vaqueiras (Mahn, *Gedichte*, n° 528) : « Amour rend meilleurs les meilleurs et peut aux mauvais donner valeur » :

Amors fa'ls melhors melhurar,
E'ls plus malvatz pot far valer.

Cf. également les pièces dirigées contre l'amour par Marcabru, Peire Cardenal, Jausbert de Puycibot, etc...

Il est piquant de noter que Gower se hâte de faire suivre de l'éloge de l'amour la critique qu'il vient de se permettre, comme le troubadour Raimbaut de Vaqueiras, dans la chanson mentionnée ci-dessus, vante les mérites d'Amour après en avoir médit dans la strophe précédente.

(2) Folquet de Marseille (éd. Stronski, p. 52) : « de la grande fausseté d'amour à mon endroit... il promet, mais ne consent pas à payer ».

(3) Raimbaut de Vaqueiras, *loc. cit.*, « Amour prend plus qu'il ne consent à donner. »

(4) Uc de Pena (cité par Raynouard, *Lexique Roman*, IV, p. 461, s. v. empaubrezir) : « et fit maints riches appauvrir ».

(5) Guillaume IX (éd. Jeanroy, p. 23) : « Le plus courtois devenir vilain. »

L'amier est douls et la douçour merdouse
(GOWER, *Balades*, *l. c.*).

Qe de l'amar plazenz dolsors mi vegna (1)
E'l dols m'es tornatz en amar (2).

Le halt est bass, si est le bass haltein.
(GOWER, *loc. cit.*).
E quan suy pujatz cent brassadas,
Yeu m'atrobi bas mil jornadas (3).

Le ris en plour, le sens torne en folie...
(GOWER, *Ibid.*, *l. c.*).

Quant que'm fezes ejauzir
Amors, era'm fai plorar (4)...
E savis hom enfolezir (5).

De vrai honour est Amour tout le chief,
Qui le corage et le memorial
Des bones mours fait garder sans meschief.
(GOWER, *Ibid.*, L).
Amors es caps de trastotz autres bes (6).

---

(1) Sordel (éd. de Lollis, p. 202) : « Qu'il me vienne de l'amer une aimable douceur. » Voyez, du reste, toute la pièce.

(2) Amanieu de Sescas, Raynouard (*Choix*, V) : « La douceur s'est changée pour moi en amertume. »

(3) Appel, *Provenzalische Chrestomathie*, p. 82 : « Quand je suis monté de cent brasses, je me trouve descendu de mille journées. » (Anonyme.)

(4) Raimbaut de Vaqueiras (Raynouard, *Choix*, IV, p. 186) : « s'il me donna la joie, Amour, à présent, me fait pleurer. »

(5) Guillaume IX (édition Jeanroy, p. 23) : « et le sage devient fol. »

(6) Pons de Capduoill (Mahn, *Werke*, I, 348) : « Amour est chef de toutes les autres qualités. »

Ses joy non es valors,
Ni ses valor honors,
Quar joy adutz amors (1).

« Et hom que's red enamoratz, no solamen en sos faytz se deu mostrar cortes, ans o deu far ysshamen en sos digz et en son parlar » (2).

De l'averous il fait franc et loial,
(GOWER, *Balades*, *l. c.*).
E'lh cobe franc de cor (3).

Et de vilein courtois et liberal
(GOWER, *loc. cit.*).
E'l totz vilas encortezir (4).

Et de couard plus fiers que n'est leon.
(GOWER, *loc. cit.*).
E sab far de volpilh vassalh (5).
E'lh plus volpilh ardit (6).

---

(1) Arnaut de Mareuil (Raynouard, *Choix*, III, p. 221) : « Sans joie il n'est point de valeur ; sans valeur point d'honneur, et c'est Amour qui amène Joie ». Cf. Aimeric de Belenoi (*Parnasse Occitanien*, p. 205) :

Tug bel captenemen
Movon d'amar leialmen.

et Jaucelm Faidit (Raynouard, *Lexique Roman*, I, p. 373) :

E per amor ten hom son cor plus gent
E'n val hom mays...

(2) *Leys d'Amors* (éd. Gatien-Arnoult, I, p. 340) : « Homme enamouré doit se montrer courtois, non seulement en ses actes, mais en ses paroles et en son langage. »

(3) At de Mons, cité par Matfre Ermengaud, *Breviari d'Amor* (éd. Azaïs, II, v. 27876) : « et l'avare [il fait] affable de cœur. » Le vers de Gower est presque une traduction de celui-ci.

(4) Guillaume IX (éd. Jeanroy, p. 23) : « et le plus vilain devenir courtois ».

(5) Raimbaut de Vaqueiras (*loc. cit.*) : « et faire d'un lâche un brave ».

(6) At de Mons (*Breviari d'Amor*, v. 27895) : « le plus lâche [il rend] hardi. »

*
* *

Il est incontestable que Chaucer et Gower ont connu les théories amoureuses des troubadours : les rapprochements qui précèdent en sont la preuve. Mais ont-ils puisé directement dans les chansonniers provençaux, ou se sont-ils simplement inspirés des chansons des trouvères et des sonnets de Pétrarque ?

Influence indirecte, ont répondu la plupart des critiques, dont j'hésite pourtant, je l'avoue, à partager *entièrement* l'opinion. Comme eux certes, je suis persuadé que Chaucer et Gower ont beaucoup lu les œuvres de nos vieux poètes d'oïl et les *Rime* de Pétrarque ; mais je ne vois pas très bien pourquoi l'on s'obstine à dénier à ces deux érudits (1) ce qu'on accorde sans peine à l'amant de Laure : une connaissance personnelle, *directe*, de la poésie méridionale. Et je me demande enfin s'il est un autre moyen d'expliquer les passages de Gower (assez rares, il est vrai) (2) où l'imitation du texte provençal est particulièrement évidente.

---

(1) Chaucer entendait très bien, en plus de sa langue maternelle, le latin, le français et l'italien. Gower qui, semble-t-il, comprenait aussi l'italien, a composé ses œuvres soit en anglais, soit en latin, soit en français.

(2) Cf. *ci-dessus*, pp. 120, n. 1 ; 121, n. 2 ; 127, n. 3. Cf également les deux derniers exemples de Gower cités en note, page 124, et les fragments du *Breviari d'Amor* que j'en ai rapprochés.

# CONCLUSION

Les troubadours ont exercé sur les poètes d'Angleterre une influence aussi réelle que sur les autres littératures de l'Europe. Si elle fut plus lente et moins profonde qu'ailleurs, comment s'en étonner ?

Ames rudes et religieuses tout ensemble, les Anglais, sans doute, n'étaient point gens à s'enthousiasmer pour des chansons, où l'amour, « faiblesse impardonnable », s'épanouissait dans toute sa splendeur, où la femme faisait trop souvent figure de divinité : au lieu d'adresser leurs hommages aux aimables mortelles de leur temps, ils chantèrent la Vierge, symbole à leurs yeux de la beauté corporelle et de la perfection morale.

Persuadés d'autre part, comme presque tous les écrivains du Moyen-Age que seuls les récits de longue haleine et les poèmes graves ou pieux étaient assurés de braver les siècles, ils ne furent pas longtemps fidèles à la mode des chansons courtoises. De même que Pétrarque n'attachait guère de prix à ses *Rime* et leur préférait des ouvrages qu'on lit à peine de nos jours, Gower s'empressa d'abandonner le genre léger des *Balades* pour les graves développements du *Speculum Meditantis* ou de la *Confessio Amantis*, tandis que Chaucer renonçait à chanter l'amour pour écrire les *Contes de Canterbury.*

Voilà, je pense, pourquoi la poésie amoureuse n'a pas donné, malgré la faveur de la noblesse et de la cour anglaises, les résultats que ses débuts permettaient d'espérer. Gênée dans son épanouissement, condamnée à disparaître presque dès son apparition, elle semble n'avoir été qu'un caprice littéraire, dont on peut dire, en reprenant le vers de Tennyson :

It is only flowers, they had no fruits

# INDEX ALPHABÉTIQUE

## des Œuvres et des Personnes [1]



(1) Les œuvres médiévales figurent seules dans cette table : le titre en est donné en italiques, pour qu'on puisse distinguer, à première vue, les noms d'ouvrages des noms de personnes. En ce qui concerne les écrivains modernes, je me suis contenté d'indiquer les pages où je les ai cités pour leur opinion personnelle, ou pour une référence dont je leur suis redevable. Les noms des troubadours et ceux des œuvres en langue d'oc sont précédés d'un astérisque.

# TABLE DES MATIÈRES



Imprimerie Caennaise, 16, rue Froide, Caen. — Tél. 0-30

**HAUVETTE (Henri).** — Un exilé florentin à la Cour de France au XVIe siècle, **Luigi Alamanni** (1495-1556). Sa vie et son œuvre. 1903, 1 fort vol. de 583 pp............ 30 fr.

Suivi en appendice des Poésies inédites, des Lettres et de documents inédits relatifs à la vie de L. Alamanni, d'une bibliographie de ses œuvres et d'un index des noms propres. Portrait.

**HUGUET (Ed.).** — **La couleur, la lumière et l'ombre dans les Métaphores de Victor Hugo.** 1905, in-8° de 378 pp.............................................. 30 fr.

Suivi d'un index des noms cités.

**LANSON (Gustave).** — Les origines du drame contemporain. — **Nivelle de la Chaussée et la Comédie larmoyante.** 2e éd. revue, complétée et augmentée d'un appendice.

Ouvrage couronné par l'Académie française. Paris, 1903, in-8° de VI-322 pp................................ 30 fr.

**MICKIEWIEZ (Ladislas).** — **Adam Mickiewicz,** sa vie et son œuvre avec un portrait par Théophile Berengier. Deuxième édition. Paris, 1888. In-16 de VIII-379 pp. 10 fr.

Avec un appendice et un Index bibliographique.

**PETIT DE JULLEVILLE (L.),** *professeur suppléant à la Sorbonne.* — Histoire du théâtre en France : **Répertoire du théâtre comique en France au moyen âge.** — Cet ouvrage a été imprimé avec luxe à petit nombre et tous les exemplaires sont numérotés. Sur papier vergé.... 75 fr.

Sur papier vélin du Marais, in-8°................ 40 fr.

— **La Comédie et les mœurs en France au moyen âge.** 3e édition, 1886, 1 vol. in-18.............................. 12 fr.

Sur papier vergé, in-8°......................... 20 fr.

Les origines. — Le théâtre comique au XIIe et au XIVe siècle. — Adam de la Halle. — Les genres comiques. Moralités, Farces, Sottises, Monologues. — Moralités religieuses, édifiantes ou pathétiques. — L'Histoire de France au théâtre. Satire des divers états. Satire de l'amour, des femmes et du mariage. — La Renaissance et son influence sur le théâtre comique. — Conclusion.

— **Les comédiens en France au moyen âge.** Ouvrage couronné par l'Académie française. 2e édition, 1889. 1 vol. in-18 ................................................ 12 fr.

Sur papier vergé, in-8°......................... 20 fr.

Les jongleurs. — Les fous. — Les puys. — Les confréries. — Les basochiens. Les enfants sans-souci. — Les sociétés joyeuses. — Les associations temporaires. — Les écoliers. — Les comédiens. — Conclusion.

**ROCHEBLAVE (S.). — La vie d'un héros. Agrippa d'Aubigné.** 1912, un vol. in-16 de 253 pp.............. 12 fr.

La Jeunesse (1552-1572). — Les amours. — Agrippa d'Aubigné et Diane Salviati (1572-1573). — Le compagnon du Béarnais (1573-1593). — L'homme et le Huguenot. — D'Aubigné sous Henri IV et Louis XIII. — L'exil. — La mort (1593-1630).

**SCHRŒDER (V.). — Un romancier français au XVIII$^{e}$ siècle. L'abbé Prévost,** sa vie, ses romans. 1898, 1 vol. de XIII-365 pp................................ 12 fr.

L'abbé Prévost n'est ordinairement considéré que comme l'auteur de *Manon Lescaut*. Or, il est l'un des auteurs les plus féconds du Siècle et son esprit, sans cesse en éveil, s'est exercé dans les domaines les plus divers. Sa vie est plus mal connue encore ; il existe fort peu de lettres, autographes ou documents authentiques qui permettent d'en écrire le récit. Et c'est dans ses œuvres qu'on retrouve sous tous ses aspects cette figure si originale. Prévost est l'un des premiers qui, dans ses romans, fournit sur lui de véritables renseignements biographiques.

**TAPHANEL (Achille). — Le théâtre de Saint-Cyr,** d'après des documents inédits. 1876. 1 volume in-8° sur beau papier vélin, orné du portrait en taille douce de M$^{me}$ de Maintenon, par Waltner, et du plan restitué du théâtre, suivi de la liste des demoiselles de Saint-Cyr. Vélin. 15 fr.

Saint-Cyr avant le théâtre. — Premiers essais de représentations dramatiques. — Préparations et répétitions d'Esther. — Le théâtre. — Les actrices. — Les succès d'Esther. — Madame de Sévigné à Saint-Cyr. — Dangers du théâtre au couvent, interdiction d'Athalie. — Réforme de la maison de Saint-Cyr. — Retour à la tragédie ; Athalie à la Cour. — Débuts de la duchesse de Bourgogne, demoiselle du ruban rouge. — Le théâtre de Saint-Cyr au XVIII$^{e}$ siècle. — Marie Leczinska. — Divertissements pour le Dauphin, la Dauphine et Madame de Pompadour. — Reprise d'Esther et d'Athalie en 1756. — Horace Walpole, Madame de la Maison de Saint-Louis et le dernier jour de son théâtre. — Le répertoire. — L'inventaire du théâtre. — Prologue d'Esther par Racine le fils. — Liste des actrices d'Esther et d'Athalie en 1756. — Liste des demoiselles sorties de Saint-Cyr.

**TOUTAIN (J.). — Etudes de mythologie et d'histoire des religions antiques.** 1909, un vol. in-16 de VI-299 pp. 12 fr.

Ces études ont été groupées en trois parties : Généralités et questions de méthode. — Mythologie et religion grecque. — Mythologie et religion de Rome et du monde romain.

**TRÉNEL (J.),** *docteur ès lettres, Professeur agrégé.* — **L'Elément biblique dans l'œuvre poétique d'Agrippa d'Aubigné.** 1904. 1 volume in-8°................. 10 fr.

— **L'Ancien Testament et la langue française du Moyen Age** (XV$^{e}$ siècle). Etude sur le rôle de l'élément biblique dans l'histoire de la langue des origines à la fin du XV$^{e}$ siècle. Paris, 1904. Gr. in-8° de VIII-670 pp.............. 30 fr.

www.ingramcontent.com/pod-product-compliance
Lightning Source LLC
LaVergne TN
LVHW020318230826
846091LV00003B/719
*9782329033693*